폐폐

페페

남유하
박소영
이선주
이 울
이희영
임승훈
최유안

창비

차례

01

페페

이희영

단편 소설 〈사람이 살고 있습니다〉로 2013년 제1회 김승옥
문학상 신인상 대상을 수상하며 본격적인 작품 활동을 시작
했다. 2018년 《페인트》로 제12회 창비 청소년문학상을, 같
은 해 제1회 브릿G 로맨스스릴러 공모전 대상을 수상했다.
그 밖에 지은 책으로 장편 소설 《보통의 노을》, 《썸머썸머 베
케이션》, 《나나》 등이 있다.

늑대를 풀어 선생님을 공격했다. 누구도 접근 못 하게 학교를 봉쇄했다. 교실에서 불꽃놀이를 하고, 총을 난사해 마음에 안 드는 녀석을……. 이런 표현 썩 좋아하지 않지만 그냥 날려 버렸다. 그러니 수업 중 이상한 장면이 튀어나오거나, 학교 전체에 경고음이 울리거나, 외국어 시간에 태극기를 흔들며 독립 만세를 외치는 짓은 귀여운 장난이지 않을까.

"한동안 잠잠하더니. 또 어떤 녀석들이 유치한 장난질이냐?"

마루가 말했다. 녀석은 한울의 몇 안 되는 페페 중 한 명이다. 페페란 페이스 투 페이스(face to face)의 줄임말로 직접 얼굴을 맞대고 이야기하는 친구다. 영상 통화도 셀프 대신 진짜 얼굴을 보일 정도로 가까운 사이이다. 옛날에는 셀프를 아바타라 불렀단다. 온라인상에서 인간을 대신하는 캐릭터라나? 어른들 중에는 여전히 아바타라 하는 사람도 있었다. 아이들은 그냥 셀프라 했다. 더 정확히는 또 다른 자아를 뜻하는 디 아더 셀프(the other self)의 줄임말이다.

"어디 학교지? 어쨌든 애들한테 반응은 좋았겠네. 덕분에 수업도 엉망이 되었을 거 아니야. 그나저나 우리 학교에는 그런 또라이 천재들은 없나?"

"최마루 네가 한번 해 봐."

"미친놈이 아니면 천재도 될 수 없다는 건가? 실력 하나는 부럽다. 야, 혹시 걔들도 지난번에 교실 폭파시킨 애들처럼 방송 타는 거 아니야?"

"타면 뭐? 그냥 모자 눌러쓰고 나올 텐데. 더욱이 진짜 얼굴 알아볼 사람이 몇이나 돼?"

"누군지 모르겠지만, 페페는 있을 거 아니야. 소문 쫙 나겠다."

"너도 학교 테러 도전해 봐. 아무리 네가 모자 눌러쓰고 있어도 나는 너라는 거 한 번에 알아볼 수 있을 테니까."

"악담을 해라, 새끼야."

마루가 욕설과 함께 스크린 밖으로 사라졌다. 붉은 기가 남았지만 여드름이 많이 좋아졌다. 그러나 학교에서 마루의 여드름을 본 애들은 없었다. 녀석의 페페라 봤자 두셋이 넘지 않으니까. 마루의 셀프는 꽤나 지적인 이미지다.

"진짜 천재들이라면, 사이버 수사대에 걸리지 않았겠지."

한울이 휴대 전화를 꺼내 허공에 홀로그램 터치스크린을 띄웠다.

10대 학생들의 도를 넘는 사이버 테러.

학생들 사이에서 학교 공격 프로그램 개발 및 공유 활성화.

일반 학생들의 심각한 교육권 침해 우려.

지식보다 생명 존중 교육이 절실히 필요할 때.

까만 눈동자가 뉴스 헤드라인을 훑었다. 사진 속에는 모자를 눌러쓴 학생이 고개를 숙이고 있었다. 모자이크로 처리되었지만 어리바리한 표정을 엿볼 수 있었다.

왜 그랬느냐는 기자의 질문에 스크린 속 아이가 대답했다.

"학교에 사이가 안 좋은 애들이 있었어요. 저를 많이 놀렸거든요. 갑자기 화가 나서. 그래도 진짜 다친 사람은……."

아이의 말은 사실이었다. 늑대가 선생님을 공격하고 학교가 봉쇄되며 불꽃놀이가 벌어졌다. 그럼에도 손끝 하나 다친

사람이 없었다. 경찰이나 소방대원이 출동할 리 없지 않은
가? 사이버 수사대는 바빠지겠지만.

"진짜 다친 사람이 생기면 사이버 수사대로 끝나겠냐?"

한울이 창밖으로 고개를 돌렸다. 덥고 습한 여름도 끝났
다. 아침저녁으로 선선한 바람이 불어왔다. 가을은 천고마
비라던데 하늘은 높고 말이 살찌는 것이 가을과 무슨 연관성
이 있을까? 사철 뿌연 하늘에는 미세 먼지만 가득했다. 엄마
가 처음 팬데믹을 겪은 나이가 열여섯, 아빠는 열다섯이라 했
다. 그것이 끝이 아닌 시작이 될 줄은, 그 시절 중학생이었던
엄마 아빠는 전혀 상상하지 못했다. 그로부터 30여 년이 흘
렀다. 악성 호흡기 바이러스는 끊임없이 진화했다. "이제 인
류는 바이러스와의 전쟁이 아닌, 공존을 해야 하는 시대가 왔
습니다." 오래전 어느 정치인의 외침은, 나의 죽음을 적에게
알리지 말라는 이순신 장군의 유언만큼이나 유명해졌다. 덕
분(?)에 사람들은 빛을 피해 구석으로 숨어든 바퀴벌레가 되
었다.

그러나 한울은 이 상황이 딱히 불편하지 않았다. 늘 이렇
게 생활했으니까. 굳이 밖에 나가지 않아도 할 수 있고 즐길
수 있는 것은 많았다. 이제 인간은 신과 같은 호모 데우스에
서 집에서만 생활하는, 생활하는······.

"몰라. 대충 호모 하우스라고 해."

막상 내뱉고 보니 그럴싸했다. 길게 기지개를 켜다, 허공의 터치스크린을 건드렸다.

"정부는 이번 주부터 각 대학 병원에 클린 돔(Clean dome) 시스템을 가동하기로……."

휴대 전화를 끄자 뉴스를 진행하던 앵커가 사라졌다. 한울이 침대에 누워 깍지 낀 손으로 뒷머리를 받쳤다. 클린 돔 시스템이라? 몇 년 전부터 사람들이 이야기하던 그것인가? 바이러스와 유해 균, 미세 먼지로부터 건물을 완벽히 차단하는 기술이라 했다. 24시간 돌아가는 거대한 청정 시스템. 실용화가 머지않았니 어쩌니 한동안 시끄러웠다. 그런데 드디어 개발된 모양이다. 클린 돔 시스템이 가장 필요한 곳은 병원일 것이다. 원격 진료에도 엄연히 한계가 존재하니까. 대학 병원 다음에는 어디일까? 요양원? 군대? 종교 시설? 어디가 되었든, 인구 밀집도가 높은 곳부터 시작하겠지. 한울이 눈을 돌려 뿌연 하늘을 올려다보았다. 이곳은 수도권과도 뚝 떨어진 지방의 소도시 M이다. TV 토론에 나온 시장의 말을 빌리자면, 대한민국에서 몇 남지 않은 청정 지역이다. 확진자의 곡선이 가파른 대도시와도 차이를 보이니까. 하지만 한울은 미처 예상치 못했다. 나가지 않아도 되는 문밖 세상으로 꼭 나가야만 하는 날이 올 줄은. 이제 곧 여름 방학이 끝나고 새로운 학기가 시작될 것이다.

문이 열리며 아빠가 안으로 들어섰다. 현관에 설치된 세정대에서 소독액이 분사됐다. 공항 검색대와 같은 모형인데, 금속을 탐지하는 대신 몸에 묻은 먼지와 유해 균을 제거해 줬다. 이제 현관에 세정대 설치는 필수이다. 아빠가 얇고 투명한 전자 마스크를 벗어 살균기에 넣고는 욕실로 향했다.

"엄마는 아직?"

아빠가 욕실을 나오며 물었다. 한울이 콕콕 오피스 룸을 가리켰다. 아빠가 일하는 곳은 7성급 호텔 주방이었다. 180층 스카이라운지 레스토랑은 아무나 갈 수 있는 곳이 아니었다. VIP들만 예약할 수 있는데, 서빙봇이 아닌 사람이 주문을 받고, 쿡봇이 아닌 최고의 셰프들이 직접 요리를 했다. 엄마와 한울도 지금까지 가 본 적은 없었다.

인간의 편의를 위해 로봇을 만들고, 인공 지능을 개발하며, 가상 세계를 이룩한 사람들이었다. 그런데 정작 자신들은 인간에게 서비스를 받길 원했다. 자율 주행이 아닌 인간이 운전하는 차를 타고, 인공 지능이 아닌 인간에게 스케줄을 묻고, 서빙봇이 아닌 인간에게 주문을 했다.

"오히려 더 번거롭고 어색할 것 같은데?"

언젠가 한울이 물었다. 아빠는 쓴 웃음으로 대답을 얼버무렸다.

아빠가 손님을 직접 상대한다면, 엄마는 특별한 경우를 제외하면 늘 오피스 룸으로 출근했다. 엄마는 홈 웨어 전문 의류 업체에서 일하는데, 고객들의 불편 사항이나 반품 및 환불 교환 업무를 담당했다. 딸깍 방문이 열리고 엄마가 밖으로 나왔다. 한울의 시선이 엄마의 낡은 파자마에 닿았다. 뭐 상관없었다. 엄마의 셀프는 깔끔한 정장 차림으로 업무를 봤을 테니까. 학교에서 마루의 여드름을 아는 녀석이 없듯, 아무도 엄마의 편안한 모습을 상상하지 못했다. 모든 것은 가상현실 속 셀프가 대신했다. 엄마가 주방에서 벌컥벌컥 찬물을 들이켰다.

"오늘은 조금 늦었네?"

아빠가 물었다. 엄마가 대답 대신 긴 한숨을 내쉬었다. 뿌연 창밖으로 노을이 퍼져 나갔다. 또 하루가 저물어 가고 있었다.

아빠의 칼질 소리 뒤로 카레 향이 퍼져 나왔다. 세 식구의 평온한 저녁 식사가 시작되었다.

"우길 걸 우겨야지. 주문 기록이 버젓이 있는데, 사이즈가 잘못 왔다고 억지를 부리잖아. 내 셀프가 생글생글 웃으니까 나도 그런 줄 아는 모양인데, 어디 직접 만나서 따져 보자고 하려다 말았어. 어디서 막말이야, 진짜."

"막말이라니. 진짜 이상한 소리라도 들은 거야?"

아빠가 놀란 눈으로 물었다. 엄마가 어깨를 으쓱해 보였다.

"바로 접속 끊어졌어. 그 뜻이 뭐겠어. 이상한 말을 했단 증거잖아. 이제 우리 사이트 접속 불가능이야. 블랙 컨슈머로 차단될 테니까."

엄마가 허공을 노려보며 말했다. 마치 그곳에 블랙 컨슈머가 있다는 듯.

"지금은 시스템이 알아서 차단시켜 주기라도 하지. 옛날에는 다 직접 상대했잖아."

"셀프로 상대하니까 그랬겠지? 진짜 사람한테는 그렇게 못 할걸?"

한울의 한마디에 엄마와 아빠의 시선이 동시에 날아들었다.

"맞잖아. 아니에요?"

학교에서 짓궂은 장난을 치는 녀석들이 있었다. 외모를 놀리기도 하고, 괜스레 시비를 거는 아이들도 있었다. 비단 학교뿐만이 아니었다. 게임에서는 훨씬 강도가 높았다. 욕설과 비난이 자동으로 차단되니 새로운 은어를 만들어 공격할 정도였다.

사실 아이들이 이렇게 놀리고 장난을 할 수 있는 것도 상대가 모두 진짜 사람이 아닌, 셀프이기 때문이다.

"어쨌든 오늘은 피곤한 하루였어. 그나저나 홀로 렌즈를 바꿔야 하나? 눈이 점점 더 건조해."

엄마가 손으로 꾹꾹 눈두덩을 눌렀다.

"나는 괜찮은데."

한울이 말했다.

"너는 아직 젊잖아. 그리고 요즘은 방학이라 학교도……."

아빠가 말을 멈추고는 엄마에게 물었다.

"참, 학교에서 연락 온 거 봤어?"

"아까 낮에 왔었지? 일하느라 깜빡했다."

한울이 고개 들어 두 사람을 번갈아 보았다. 어쩐지 예감이 좋지 않았다. 방학인데 학교에서 연락이 왔다. 그 얘기를 하는 부모님 표정이 밝지 않다. 세상 모든 10대들은 알고 있다. 학교가 부모님께 연락하는 것도, 부모님이 학교에 관심을 기울이는 것도 전혀 달갑지 않은 뉴스라는 것을. 꿀꺽 씹지도 않은 당근이 저절로 넘어갔다.

"야, 이한울. 너 개학하면 학교 가야 해."

아빠가 말했다. 엄마가 동조하듯 고개를 끄덕였다.

"언제는 안 갔어? 당연히 개학하면 학교 가야지."

한울이 싱겁게 웃고는 카레를 떠먹었다.

"아니, 접속해 들어가는 거 말고. 진짜로 학교에 가야 한 다고."

엄마가 손을 들어 현관을 가리켰다. 그 한마디에 갑자기 딸꾹질이 터져 나왔다.

"개학하면 딸꾹! 어디를 간다고? 딸꾹!"

"학교."

두 사람이 동시에 대답했다.

가상 세계 즉 메타버스는, 휴대 전화로 하루를 시작하는 것 만큼 일상이 돼 버렸다. 이제 주택 구입에 있어 기준이 되는 것은, 스쿨 룸과 오피스 룸이 얼마나 크며 다양한 활용도가 있는지에 달렸다. 일상 대부분이 가상 세계에서 이루어지니 까. 역세권이나 학군이란 말이 사라진 지도 오래되었다. 엄 마가 아침마다 오피스 룸으로 출근하듯, 한울 역시 스쿨 룸으 로 등교를 했다. 그렇게 각자의 홀로 렌즈를 통해, 회사와 학 교로 접속해 들어갔다. 가상 교실에 앉아 수업을 듣고 모둠

활동을 벌였으며 발표를 하고 시험을 봤다. 이제 아이들에게
학교는 그런 곳이었다. 가상 현실 속에서 수업을 받고 각자
의 모습으로 만든 아바타, 즉 셀프 캐릭터로 생활하는 세계.

**셀프 캐릭터는 반드시 학생 본인의 모습을 촬영한 이미지여야 합
니다.**

제출하신 학생의 증명사진과 동일한 모습을 권장합니다.

무분별한 캐릭터의 이미지 변형, 왜곡, 수정은 교칙에 위배됩니다.

교복 이외에 어떤 복장도 셀프 캐릭터에 허용할 수 없습니다.

예습 복습 철저히 하고 수업 시간에 집중하면 누구나 일등
을 할 수 있었다. 그 사실을 몰라서 공부를 안 하는 애들은 없
었다. 교칙도 마찬가지다. 그 간단한 규칙을 몰라서, 아이들
이 자신의 셀프 캐릭터 꾸미기에 열을 올리는 건 아니다.

단순히 셀프만 그럴싸하게 꾸미면 될 것을 (마루의 말을
빌리자면) 몇몇 미친 천재들이 시끄러운 사건을 일으켰다.
해킹과 버그를 이용해 제멋대로 학교를 바꿔 버리다니. 그
결과……

"아이들에게 가상 현실 세계가 아닌, 진짜 삶에서 학교를
경험하게 하는 건 어떨까요?"

"셀프 캐릭터가 아닌, 진짜의 모습으로 친구들을 만나는 것도 색다르지 않겠습니까?"

"사이버 테러는 절대 장난일 수 없습니다. 그 기저에 숨어 있는 생명 경시 사상은……."

"클린 돔 시스템을 학교에서도 한번 실행해 보시는 게……."

생각지도 못한 주장들이 고개를 들었다. 학생들을 가상 세계가 아닌, 현실의 학교로 보낸다는, 말도 안 되는 이야기들 말이다. 그런데 현실의 학교가 진짜 있기는 할까?

"내 말이. 현실에 학교가 어디 있어? 설마 TO로 모이라는 거야?"

마루가 우렁우렁 목소리를 높였다. TO는 Teacher's Office의 약자로 선생님들이 수업을 하는 공간인데, 대부분의 선생님들은 각자의 오피스 룸에서 아이들과 만난다. 그러니 현실에서는 진짜 학교라고 불릴 만한 곳이 없다. 완전히 사라졌다 하는 것이 정답이겠지만.

"너 지역 뉴스 안 봤어?"

한울이 풀 죽은 목소리로 말을 이었다.

"만약 진짜 등교라는 걸 하게 되면, 우리 호텔로 가."

"호텔?"

마루가 두 눈동자를 크게 부풀렸다. 한울이 고개를 끄덕였다.

왜 하필 임시 등교할 곳이 아빠가 일하는 호텔일까? 물론 호텔 특성상 사람들이 직접 숙박을 하고 밥을 먹는 곳이긴 하다. 그러니 여전히 세미나실과 회의실도 존재한다. 호텔에서 학생들을 위해 공간을 개방한다는 건, 명백한 이유가 있었다. 적은 비용으로 클린 돔 시스템을 사용할 수 있고, 언론의 주목을 받으며 자연스레 홍보 효과도 노릴 수 있을 테니까. 오래전 사라진 교실을 꾸며 놓는다면 추억의 관광 상품으로도 개발할 수 있었다.

"그런데 왜 하필 우리 학교야? 하려거든 큰 도시 애들부터 하라고 해."

마루가 우렁우렁 목소리를 높였다. 터치스크린 속 얼굴이 붉게 달아올랐다.

시장의 말을 빌리자면 M은 아직 청정 지역으로 꼽혔다. 클린 돔인지 뭔지를 시범으로 운영하기에 이보다 더 적합한 곳이 없겠지.

"와, 이거야말로 테러 아니냐? 갑자기 진짜 등교라니. 언제는 가짜 등교를 했나? 그나저나 셀프가 아닌 내 진짜 얼굴로 학교를 간다고? 애들이 얼마나 실망할까?"

마루는 금방이라도 울 것 같은 얼굴이었다. 페페인 한울이야 너무 자주 봐서 익숙하지만, 녀석을 셀프로만 봐 왔던 아이들은 조금, 어쩌면 많이 낯설어 할 것이다.

"괜찮아. 다른 애들도 똑같아. 셀프 캐릭터 보정 안 한 애들이 어디 있냐?"

태연히 말했지만, 걱정되기는 한울도 마찬가지였다. 이럴 줄 알았으면 셀프의 코를 너무 높이지 말 것을. 얼굴형이나 눈매도 괜히 손봤단 생각뿐이다. 하지만 전혀 상상하지 못했다. 어느 날 갑자기 가상 세계가 아닌, 진짜 학교에 가게 될 줄은······.

"사실 진짜 문제는 보정한 셀프가 아니야."

마루가 힘없는 목소리로 한숨을 내쉬었다.

"나 진짜 학교 가면 든해 얼굴을 어떻게 보지?"

지난 학기 든해랑 마루는 사사건건 부딪혔다. 한쪽이 발표를 하면 다른 한쪽이 빈정거렸고, 한 명이 문제를 풀면 다른 한 명이 방해를 했다. 두 명의 셀프가 만나기만 하면 서로를 향해 으르렁거렸다.

"그러게 왜 별것도 아닌 것에 일일이 태클을 걸어."

"야, 나만 그랬냐? 그 새끼도 툭하면 나한테 시비 걸었잖아."

"너 방학 전에 든해한테 진짜 한번 붙자고 했지?"

"그 소리는 그 자식이 먼저 했거든."

"잘하면 현실에서 붙겠는데?"

"됐어. 너야말로 진짜 학교 가면 나 알은척하지 마라."

금방이라도 터질 듯 씩씩거리던 마루가 꼬리를 내렸다.

"솔직히 셀프 아니라 현실에서 든해 보면 나 아무 말도 못 할 것 같아. 어떻게 진짜 사람 얼굴을 보면서 재수 없으니까 꺼지라는 말을 하겠냐?"

마루가 한숨을 내쉬었다. 한울의 가슴도 무겁게 가라앉았다. 두 녀석 모두 진짜가 아닌, 셀프로 싸운 것이다. 셀프에게 욕을 했고, 셀프를 비난했고, 셀프에게 짓궂은 장난을 쳤다. 만약 진짜 사람 대 사람이었다면, 그토록 날 선 말들은 하지 못했을 것이다.

"그건 든해도 마찬가지일 거야. 너무 걱정 마. 만약 진짜 얼굴 보게 되면 먼저 사과해."

"야, 진짜 얼굴 보고 사과하는 건 쉬운 줄 알아?"

생각해 보니 일리가 있었다. 사람을 직접 만난다는 건 너무 어려운 일이었다. 마루는 게임이나 한판 하겠다며, 만약 학교 애들이 접속하면 당분간 욕설은 자제해야겠다고 말하면서 전화를 끊었다.

한울의 시선이 벽에 걸린 사진에 닿았다. 유치원에서 연극을 했는데 토끼 분장을 한 꼬마가 브이를 그리며 웃고 있었다.

꼬마들은 지금도 유치원에 다닌다. 그래 봤자 원생이 열 명을 넘지 않는 작은 곳이다. 아이의 성장 과정에 사회성은 반드시 필요하니까. 하지만 학교는 달랐다. 아무리 작은 학교라 해도 기본적인 규모가 있었다. 초등학교 입학과 동시에 가상 세계로 진입하고 자신을 닮은 캐릭터를 통해 학교 수업을 시작했다. 그럼에도 꾸준히 사회성 운운하는 어른들이 있었다. 그들은 아쉬운 대로 소규모 리얼 클래스에 아이들을 보냈다. 리얼 클래스라 그럴싸하게 부르지만 그냥 학원이란 뜻이다. 공부와 성적 향상보다는, 안전한 공간에서 또래들과 함께 어울리라는 취지로 만들어졌다. 예로부터 사교육이란, 공교육이 할 수 없는 서비스를 기막히게 제공하니까. 한울이 마루를 만난 것도 리얼 클래스에서였다. 그러나 몇 년 가지 못했다. 초등학교 3학년 때 리얼 클래스를 끊어 버렸으니까. 그 뒤로 공부는 쭉 가상 현실 속에서 이루어졌다.

기억에서도 지워진 유치원 생활. 하루에 한 시간이 전부였던 리얼 클래스. 이것으로 사회성이 얼마나 길러졌는지 알 수 없었다. 페페 친구 두어 명이 전부이지 않을까?

그 순간 휴대 전화가 울렸다. 누군가가 반 채팅 방을 개설한 모양이었다. 마루가 허공에 터치스크린을 띄웠다. 화면이 열리기 무섭게 글자들이 우수수 쏟아져 내렸다. 반 채팅 방 개설 목적은 충분히 예상할 수 있었다.

진짜 학교를 가야 한다는 사실을 쉽게 받아들이는 이들은 없었다.

─ 우리 아빠는 절대 못 보낸대. 클린 돔인가 뭔가를 믿을 수 없다나?

─ 우리는 무조건 가래. 엄마는 오피스 룸으로 출근하는 것도 피곤해하면서?!

─ 나 사실 키 그렇게 크지 않아.

─ 나도 그 사이 살 많이 쪘어.

─ 셀프는 다 보정이잖아. 누가 진짜로 믿어. 교실 뒤 증명사진 안 보이냐?

─ 너희들 만약 무인도에 갇혔는데 친구랑 홀로 렌즈 둘 중 하나만 선택한다면 뭐 할 거야?

─ 그놈의 무인도 타령은 세상에 무인도가 몽땅 사라져도 계속되겠다.

— 무인도에 홀로 렌즈가 무슨 소용이야?

— 바보야. 그냥 된다고 치면.

— 당연히 홀로 렌즈지.

— 나도.

— 뭘 물어봐, 홀로 렌즈가 압도적일 텐데.

— 야, 어차피 우린 이미 무인도에 사는 거 아니야?

누군가가 말했다. 아니 입력했다. 그 한마디가 한울의 시선을 붙잡았다. 우리가 모두 무인도에 살고 있다고? 틀린 말은 아니었다. 그 속에서 모든 것이 가능했다. 쇼핑과 영화 관람, 공부와 친구를 만나는 것까지. 심지어 운동과 산책도 가능했다. 그 세계에서는 멋지고 활동적인 셀프가 학교를 다녔다. 우리 모두는 고립과 조난을 즐겼다. 이런 상황에서 다 늦게 나타난 구조선이 반가울 리 없지 않은가.

— 나 학교 가기 진짜 무섭다. 너희들을 직접 본다니까 되게 이상해.

한울이 마지막 아이의 셀프 캐릭터를 보았다. 반에서 누구보다 활달하고 발표도 잘하는 녀석이었다. 학교 축제에서도 멋들어지게 노래를 불러 전교생의 박수를 받았다. 전적으로 셀프를 믿는 건 아니지만, 외모 역시 호감형이었다. 그러나 한 번도 아이의 진짜 모습을 본 적은 없었다. 등교가 무섭기는 한울도 마찬가지였다.

방 문 밖이 시끄러웠다. 휴대 전화를 꺼 버리자 허공의 채팅 창도 사라져 버렸다. 한울이 몸을 일으켜 거실로 나왔다.

"괜찮을까? 그 클린 돔 시스템이라는 거 말이야."

엄마의 미간에 선명한 주름이 잡혔다.

"나도 현장 근무 하잖아. 다들 마스크 쓰고 개인 방역 철저하게 해."

아빠가 가볍게 엄마의 손을 다독였다.

"당신은 원래부터 위생 관념 철저한 주방에서 일하잖아. 그런데 진짜 몰랐어? 호텔 세미나실이랑 회의실을 교실로 개조한다는 거."

"나도 뉴스 보고 알았다니까. 나는 주방에서만 일한다고."

진짜 등교를 하면 셀프 캐릭터가 아닌, 본모습으로 수업을 들어야 한다. 교실에 앉아 발표를 하고 모둠 활동을 하며 시험도 보게 된다. 한울이 초조한 표정으로 아랫입술을 깨물었다.

"그나저나 저 녀석 옷도 없는데."

엄마가 난처한 표정을 지었다. 한울이 고개 숙여 제 몸을 훑어 내렸다. 낡은 티셔츠는 목이 늘어났고 무릎 나온 바지는 보풀까지 일어났다. 교복을 입고 등교하는 사람은, 한울이 아닌 셀프였다. 특별히 옷에 신경 쓸 필요가 없었다. 그건 파자마 차림으로 업무를 보는 엄마도 같았다. 계절별로 깔끔한 외출복이 있는 사람은, 현장 근무를 하는 아빠가 유일했다.

"우선 시범 케이스라잖아. 필요하면 교복이랑 물품까지 학교에서 준비한댔어. 옷은 온라인으로 주문하면 돼. 드론 택배가 하루 만에 바로 배송해 주는데 무슨 걱정이야."

아빠의 한마디에 엄마가 한숨으로 응했다.

"한울이 선생님 참 젊으시던데, 갑작스러운 등교 수업 너무 당황되시겠다. 여태까지 수업은 늘 '메타스쿨'에서만 하셨을 거 아니야. 진짜 학교가 다시 생기려나?"

"선생님들 다 비상이겠지. 우리 때도 비대면 수업이다 온라인 수업이다, 학교 가는 날보다 안 가는 날이 많았잖아. 그때 선생님들 진짜……."

아빠가 짧게 웃고는 말을 이었다.

"평생 교실에서 아이들만 가르치던 분들이 하루아침에 온라인으로 수업을 해야 한다니. 어쨌든 그 뒤로 교육 체계가 완전히 바뀌었잖아."

행사도, 축제와 저자의 강연도, 하물며 체육 대회까지 가상 세계 속 학교에서 이루어졌다. 한울에게 그곳은 진짜 학교였고, 교실이었으며, 진짜 친구들이었다.

"그러게. 그땐 집에서 온라인으로 수업한다고 난리였는데, 이젠 진짜 학교 간다고 학부모들이며 선생님들까지 초긴장이니. 세상이 어쩌다 이렇게 됐을까?"

"그나저나 한울이 학교 가면 급식도 할까?"

아빠가 물었다. 엄마가 두 눈을 크게 뜨며 소리쳤다.

"세상에! 언제 적 급식이야. 당신은 그걸 여태 기억한다?"

"당연히 기억하지. 우리 때 중고생은 급식이, 대학생은 학식이 막 그랬잖아."

"맞아, 생각난다."

엄마가 짝 박수를 치며 소리 내어 웃었다. 갑자기 화기애애한 분위기를 망치고 싶지 않았지만, 한울이 가만히 손을 들었다. 두 사람의 시선이 한곳으로 모였다.

"그런데 급식이 뭐야? 그거 수업 과목이야?"

몸을 뒤척이자 침대가 들썩였다. 셀프가 아닌, 현실의 아이들을 만나면 어떤 느낌일까? 아이들을 어떻게 대해야 할까? 답을 찾지 못한 질문이 꼬리를 문 뱀처럼 한자리를 맴돌았다.

이리저리 몸을 돌리던 한울이 자리에서 일어났다. 따듯한 물이라도 한잔 마시면 잠이 올까 싶었다. 삐거덕 방문을 여는데 주방에서 흐릿한 빛이 새어 나왔다.

"자다 깼어?"

아빠가 맥주 캔을 손에 쥔 채 어색하게 웃었다.

"혼자서 왜?"

한울이 식탁으로 다가섰다.

"그냥 너 학교 가는 거 얘기하다……. 엄마 먼저 잠 들었어."

"걱정돼서?"

한울이 다시 물었다. 아빠가 맥주 캔을 만지작거렸다.

"걱정도 되고 이래저래. 너 개학하면 아빠 휴가 내려고."

"무슨 휴가씩이나. 나 아빠가 일하는 호텔로 가는 거야?"

"최소 2, 3일간은 아빠가 등교하는 것 도와줘야지. 너 혼자 경험도 없잖아. 학교에서 급하게 연락 올 수도 있고. 다른 부모도 휴가니 월차니 많이 쓸 거야."

너는 괜찮아? 묻는 아빠에게 한울은 침묵했다. 어떻게 대답해야 할지 머릿속이 복잡했다. 괜찮은 척 괜한 연극은 싫었다. 늦은 밤까지 잠들지 못한 것으로 답은 충분했다.

"진짜 학교에 가야 한다는 게 이상해. 셀프가 아닌 내가 직접 수업을 들어야 한다잖아."

"셀프 캐릭터가 바로 이한울 너야. 네가 움직여야 셀프도 움직이고 네가 말을 해야 셀프도 말을 하잖아."

"하지만 나는 셀프에 익숙해져 왔어. 반 아이들도 선생님도 모두 셀프 캐릭터의 모습이라고. 만약 진짜 현실 학교를 가게 되면, 나는 완전히 낯선 공간에서 낯선 아이들과 있는 거야."

"마루도 있잖아. 페이스 투 페이스 친구도 있잖아."

"페페는 고작해야 두세 명이야. 페페가 없는 애들도 많아."

한 번도 상상하지 못했다. 가상 세계가 아닌, 진짜 교복을 입고 학교에 가게 될 날이 오리라고는. 셀프가 아닌, 진짜의 모습으로 아이들을 만나리라고는 생각지 못했다.

"아마 다른 아이들도 나랑 비슷할 거야."

"……."

"학교 가기가 무섭고 두려워."

두 사람 사이에 짧은 침묵이 내려앉았다. 코끝으로 싸한 알코올 냄새가 밀려들었다. 문득 진짜 학교로 등교해 아이들을 만나면 어떤 냄새를 맡을 수 있을까 궁금해졌다. 가상 세계에서도 냄새는 맡을 수 있었다. 화학 실험도 하고 요리 수업도 있으니까. 메타버스 속에서 산책을 할 때면 사방에서 숲과 꽃의 향기가 날아들었다. 하지만 현실에서도 그런 향기가 느껴질지는 알 수 없었다. 더 진하거나 아니면 흐리거나, 오히려 아무 향기도 맡을 수 없지 않을까? 체육이 끝난 뒤 교실에서 풍겨 오는 그것과는 다른 어떤 것…….

"왜? 아이들이 진짜 모습에 실망할까 봐?"

그것도 생각해 볼 문제였다. 아무리 교칙 운운해도 셀프를 자신과 똑같이 만드는 애들은 없었다. 셀프가 상대의 본모습이다 믿는 애들도 없었다. 그러니 실망하고 말 것도 없다.

"그런 것보다는……."

한울이 슬쩍 아빠의 눈치를 살폈다.

"사람을 만나는 게 어색해."

악성 호흡기 바이러스가 전 세계를 집어삼켰다. 백신과 치료제를 만들어도 늘 한시적이었다. 기다렸다는 듯 변종과 변이가 나타나니까. 바이러스와의 공생 시대는 오래전에 시작되었다. 미세 먼지의 피해도 점점 더 심해졌다. 사람들은 네트워크 안에 또 다른 지구를 설립했다. 가게 대부분이 무인 시스템으로 운영되었다. 물건들이 드론으로 배달되었다. 키오스크로 주문한 음식은 서빙봇이 내어 주었다. 친구들과는 셀프 캐릭터로 만났다. 가족을 제외한다면 직접 얼굴을 보며 이야기할 사람은 없었다. 사람이 매일같이 사람과 마주하는 세계는 현실이 아닌 영화에서나 가능해져 버렸다.

"어차피 우린 이미 무인도에 사는 거 아니야?"

태어날 때부터 무인도에 살게 된 존재들은, 인간이 북적이는 세상이 오히려 두렵지 않을까.

"나 진짜 학교 가면 든해 얼굴을 어떻게 보지?"

그 고민은 마루만의 문제가 아니었다. 진짜 아이들을 만난다 하니, 한울도 반에서 티격태격했던 몇몇 녀석이 떠올랐다. 오래전 고백했다가 거절당한 아이도 생각났다. 솔직히 셀프가 아니었다면 당당하게 마음을 밝힐 수 없었을 것이다. 그 생각이 들자 확 얼굴이 달아올랐다. 싸우고 화내며 고백까지 한 아이들을 진짜 페이스 투 페이스로 만난다고?

"마루랑 만날 때마다 부딪히는 녀석이 있어. 진짜 얼굴을 보면 어떻게 해야 하나 걱정이래. 사실 나도 그래. 늘 셀프로만 만났던 애들을 직접 보면 전처럼 편하게 대할 수 있을까?"

한울이 한숨과 함께 말을 이었다.

"사람을 직접 만난다는 게 이렇게 힘든 일인지 몰랐어. 이럴 줄 알았으면 괜히 놀리거나 별일 아닌 것에 짜증 내지 않았을 거야."

아빠의 손이 부스스한 한울의 머리를 어루만졌다.

"자연스러운 거야. 친구들끼리 다투기도 하고 의견 충돌도 있는 거잖아."

"셀프라서 가능하지."

아빠가 천천히 고개를 내저었다.

"아빠 어릴 적, 그러니까 현실에 학교가 있었을 때도 늘 친구들과 툭탁거렸어. 가끔은 주먹다짐도 했는데?"

"그거야……."

아빠는 현실 세계에서 학교를 다녔으니까 가능한 일이었다. 프로그램 된 냄새가 아닌, 진짜 학교 냄새를 알고 있는 사람이니까.

그 순간 문득 학교에 사이버 테러를 한 아이가 떠올랐다.

'그래도 진짜 다친 사람은…….'

현실이라면 상상도 못 할 일이었다. 진짜 심장이 뛰고 피가 도는 사람을 대상으로 테러를 하다니. 한울이 고개를 내저으며 아빠에게 물었다.

"아빠는 어때? 엄마야 셀프로 일하니까 막말하고 시비 거는 무개념 고객들이 있는 거잖아. 아빠가 일하는 곳은 진짜 사람들이 서빙을 하고 직접 요리도 하니까 그런 손님들은 없지?"

아빠가 캔 맥주를 들이켜고는 충혈된 두 눈으로 마주했다. 과연 이야기해도 되는지 망설이는 아빠를 보며, 한울이 꿀꺽 마른침을 삼켰다.

"많지."

아빠가 후후 소리 내어 웃었다.

"정말? 상대가 셀프도 아닌 진짜 사람인데?"

"진짜 사람이니까 더 그렇지. 우리는 엄마 회사처럼 시스템이 자동으로 상대를 차단해 주지도 않거든."

선생님은 습관처럼 말했다. 셀프가 곧 사람이라고, 서로 존중하며 예의를 지켜야 한다고 했다. 하지만 셀프를 진짜 사람이라 생각하는 애들은 없었다. 잡티 하나 없는 얼굴에 크고 선명한 눈과 오뚝한 코, 도톰한 입술까지. 아무리 자신의 증명사진으로 꾸민다 해도, 셀프는 실제 인물과 큰 차이를 보였다. 때문에 그 누구도 셀프를 보며 실제 사람이라 믿지 않았다. 셀프는 심장이 없고, 피가 돌지 않으며, 얼굴에 여드름이 나지도 않고, 라면을 먹고 자도 전혀 붓지 않으니까.

게임을 하며 욕설을 내뱉고 화를 내는 것도, 상대를 진짜 사람이 아닌 가상 캐릭터로 보기 때문이다. 마루와 한울 그리고 아이들이 학교를 두려워하는 까닭 역시 이것이었다. 쉽게 놀리고 장난치며 마음을 고백했던 상대가, 피가 돌고 심장이 뛰는 실제의 모습으로 눈앞에 나타난다니. 생각만으로 손바닥에 땀이 났다.

"말도 안 돼. 셸프가 아닌 진짜 사람에게도 그렇게 막말을 할 수 있다고? 나는 절대 못 할 것 같은데."

셸프로 심하게 싸운 애들은 선생님이 TO로 부르겠다는 엄포를 냈다. 직접 얼굴 보고도 그렇게 싸울 수 있는지 해 보라는 뜻이었다. 한울이 알기에 지금까지 TO에서 상대를 마주한 녀석들은 없었다. 그건 아이들이 가장 두려워하는 벌칙이니까.

"그러고 보니 우리 때는 사람들이 여러모로 참 잔인했던 것 같아. 눈에 보이면 보이는 대로 힘들게 하고, 안 보이면 안 보이는 대로 잔인하게 대했으니까."

아빠의 입가에 힘없는 미소가 지나갔다.

"네 말대로 가상 캐릭터인 셸프도 아니었는데, 눈앞에 자신과 똑같은 사람이 있었는데, 어쩌면 그렇게 잔인하게 막말을 할 수 있고, 상대를 감정 없는 마네킹처럼 대했을까?"

그렇기에 게임 속이 아닌, 실제 전쟁이 일어났겠지. 게임 속 캐릭터가 아닌, 실제 사람들에게 총과 칼을 겨눴겠지. 셸프가 아닌 진짜 인간을 괴롭히고, 가상 세계가 아닌 실제에서 폭탄이 터지고 건물이 무너져 내렸겠지. 셸프 너머에 진짜 아이들이 있듯, 역사도 스크린이 아닌 실제로 발생된 일이었다.

"우리가 이렇게 가상 세계 속에서 살게 되고, 현실에서 학교가 사라진 것은 모두 생명을 쉽게 봤기 때문일 거다. 인간뿐만 아니라 지구상의 모든 생명 말이다."

아빠의 눈가가 붉게 충혈되어 갔다.

"아빠. 만약에 진짜 학교가 다시 생기면, 그땐 달라질까?"

셀프가 아닌 진짜 사람이라면, 섣불리 괴롭히지 않겠지. 쉽게 욕하거나 빈정거리지 않겠지. 실수를 해도 왈칵 짜증 내지 않고, 조금 늦더라도 기다려 주겠지. 상대는 가상 세계 속 캐릭터가 아니니까. 똑같은 인간이니까.

"그랬으면 좋겠다."

밤이 점점 더 깊어 갔다. 이제 몇 시간 후면 새벽이 밝아 올 것이다. 정말 학교를 가게 된다면 마루는 든해에게 먼저 사과를 해야겠지? 고백한 그 아이를 아무렇지 않게 다시 볼 수 없을 것이다. 셀프가 아닌 진짜 사람을 마주하고, 진짜 냄새를 맡고, 진짜 얼굴을 마주 보고 이야기를 나눈다면 과연 어떤 느낌일까?

어느 날 갑자기 현실 세계에서 학교가 사라져 버렸다. 그러나 아무도 예상치 못했다. 그러니 진짜 학교가, 진짜 학생들이 모이는 교실이 다시 활짝 문을 열 수 있을지는 누구도 장담할 수 없었다.

"정말 그랬으면 좋겠다. 제발."

아빠가 또다시 말했다. 두 사람이 마주한 현실 속 세상은 너무 조용했다. 생명이라고는 살지 않는 별처럼 깊은 고요 속으로 침잠해 들어갔다.

작가의 말

아이들은 현실보다 가상 세계가 익숙하다. 상대를 게임 캐릭터로 부르고, 레벨 높은 아이가 인기다. 그 세계를 모르면, 친구들과 어울리기 힘들다. 인간이 이룩한 세상 속에서, 정작 인간이 사라지고 있다. 팬데믹 이전부터 이미 시작된 일이다.

옛사람들은 종종 귀신보다 무서운 게 사람이라 했다. 그런데 정말, 사람이 같은 사람을 상대하는 일이 점점 더 어려워진다. 인간을 고립시키는 건, 보이지 않는 바이러스만이 아닐 것이다. '접속해'라는 말이 '만나자'와 '놀자'로 해석되는 요즘이다. 자연스러운 시대 흐름으로 받아들이지 못하는 건, 그야말로 시대착오적인 생각일까?

02

누구

이선주

《첫밤의 아이들》로 제5회 문학동네청소년문학상 대상을 받으며 작품 활동을 시작했다. 지은 책으로는 청소년 소설 《맹탐정 고민 상담소 1 : 자아는 가출 중》, 《맹탐정 고민 상담소 2 : 연애는 오리무중》과 동화 《아미꼴 강아지 오스트랄로피테쿠스 실종 사건》 등이 있다.

코로나19 바이러스가 처음 발생했을 때만 해도 화상 수업은 불가피한 선택이었다. 바이러스가 잠잠해지면 대면 수업을 했다가 심해지면 다시 화상 수업을 했다. 바이러스 덕분이라고 해야 할까? 바이러스가 아무리 심해져도 수업을 할 수 있다는 자신감이 관료들 사이에 팽배했다.

물론 학생들은 억울하고 짜증 났다. 아니, 이런 와중에 수업을 한다고? 아이들이 아우성치면 관료들은 이것이야말로 'K-교육'이라며 자화자찬하기 바빴다. 우리나라가 아무리 수출 대국이라고 할지라도 'K-관료'들만은 수출하지 말아야 한다. 다른 나라 친구들에게 무슨 민폐냐고!

유찬이는 사실 마음이 복잡했다. 뉴스에서 말하는 바이러스의 폐해, 이를테면 갈수록 증가하는 실업률과 바이러스로 인한 사망률 등을 볼 때면 바이러스가 얼른 종식되길 바라다가도 학교에 가야 한다는 생각만 하면 다시 바이러스가 증가하기를 바랐다.

이기적이라는 건 알지만, 학교는 괴롭다. 특히 가장 힘든 건 쉬는 시간이다. 화상 수업을 할 땐 쉬는 시간에 혼자 물 마시고 혼자 게임하고 혼자 누워 있으면 됐다. 그러나 학교에서는 혼자 뭘 하는 게 쉽지 않다. 혼자 있으면 왕따 같고, 아크릴 판을 넘어 친구에게 말을 시키기엔 어색하다.

코로나 바이러스가 발생한 지 12년이 지났지만 숫자가 줄어들거나 늘어날 뿐 아직도 변이 바이러스가 계속 발생하고 있다. 이제 사람들은 바이러스를 매일 들이마시고 내뱉는 공기처럼 여겼다.

"미쳐 증말. 기어코 데려갔구만."

엄마가 스마트폰으로 기사를 보며 혀를 찼다. 우주 정거장으로 가는 우주선에 무당을 태운 것이다. 말세야, 말세. 그런 말도 했다. 바이러스로 전 세계가 몸살을 앓고 있는 가운데도 우주에 가기 위한 인간들의 노력은 계속됐다. 우리나라도 거액의 돈을 내고 우주선 한 귀퉁이에 국기를 달 수 있었는데, 가는 사람들의 면면이 문제였다.

초반에는 교육 받은 과학자들 위주로 갔다면 점점 가는 인원이 늘면서 정치인, 사업가 등이 합류했다. 그중 한 명이 특별한 경력도 없는데 탑승자 명단에 들어서 뒷말이 많았는데 차기 대권 주자 중 한 명의 멘토라고 했다(무당이 멘토라니! 18세기 같지만 21세기가 맞다). 된다 안 된다 설왕설래하는 와중에 기어코 우주선에 탑승한 것이다.

"아니, 사람들이 우주에 정거장을 짓는 시대에 무당이 말이 돼?"

엄마는 혼자 중얼중얼하더니 서재로 들어갔다. 온라인 마케팅 분야에서 일하는 엄마는 재택근무가 기본이다. 회사 건물은 따로 없고 커피숍이나 공유 오피스에서 종종 미팅을 한다.

학교도 바이러스의 증폭과 상관없이 화상 수업을 기본으로 하면 얼마나 좋을까. 유찬인 입이 나올 대로 나온 채로 주섬주섬 짐을 쌌다. 학교에 안 갈 배짱 따위 없으니까. 이것이 야말로 'K-관료'에 필적할 만한 'K-학생'의 자세였다.

*

담임은 화면으로 보는 것과 똑같았다. 마치 화면으로만 보던 연예인을 실제로 보는 기분이었다. 수업 시간마다 쪽지를 주고받던 태동이와는 5분 정도 대화하다가 각자의 자리로 돌아갔다. 쪽지를 주고받을 땐 마음이 잘 맞는다고 생각했는데 막상 얼굴을 대면하자 낯설게 느껴졌다. 컴퓨터를 통과한 목소리와 실제 목소리도 약간 달랐다. 했어어? 하고 끝말을 길게 끄는 것만 비슷했다.

담임은 모두들 반갑고 앞으로도 계속 이렇게 만날 수 있었으면 좋겠다고 했다. 사교성이 지나쳐 보이는 아이들은 벌써 친한 척하고 난리였다. 그러나 대부분의 아이들은 자리에 앉아 옆 사람과의 접촉을 최대한 자제하며 스마트폰만 들여다봤다. 어차피 며칠 보고 말 애들이었다. 쉬는 시간만 잘 버티면 된다.

"너구나!"

책상에 앉아 아이패드에 집에 가고 싶다, 짜증 난다, 지겨워 같은 글을 날림으로 쓰던 중이었다. 난데없이 너구나라니.

"너, 너."

누군데 자꾸 너, 너 그러는 걸까? 말하는 폼이 꼭 이모 같다. 이모도 항상 너였구나, 너 왔니? 너구나 한다. 한마디로 자기중심적이라는 거다.

"너지?"

"누군데?"

고개를 들었더니 "너잖아!"라고 했다.

"우엉 떡볶이 가게 조카. 사장님이 유쌩이라고 부르잖아."

이모 가게가 맞다. 종종 이모네 놀러 가서 김밥이랑 떡볶이를 사 오곤 하지만 같은 반 애를 만난 적은 없다.

"너 맨날 우엉 빼고 먹잖아, 김밥에."

"나 본 적 있어?"

"자주 봤는데?"

"그럼 화상 수업 들을 때도 알았어?"

여자애가 고개를 끄덕였다.

"너 정슬아야?"

여자애가 고개를 끄덕였다. 화면으로 보던 모습과 달랐다. 정슬아냐고 물어본 건 담임과 똑같은 뿔테 안경 때문이다. 우리 반 화면에 뿔테 안경을 쓴 사람은 담임과 정슬아뿐이니까.

"가게에서 본 적 없는 것 같은데……."

유찬이가 고개를 갸웃거리자 그 아이는 "네가 뭐든 똑바로 보냐?" 하고는 자리로 돌아갔다. 분명 화상 수업에선 쥐 죽은 듯 조용했었다. 자신의 존재를 드러내면 누가 암살이라도 할 거라고 생각하는지 매번 없는 척하던 아이. 그런 애가 화면을 벗어나 실제로 만났다고 저렇게 성격이 달라질까? 신기하다 생각하면서도 자꾸 정슬아한테 고개가 돌아갔다. 옆모습이 되게 입체적이다, 콧망울이 뾰족하지 않고 동그라네 같은 생각이 두서없이 떠올랐다. 화면에서는 고개를 계속 숙이고 있어서 앞머리와 정수리만 보였다.

'뭐? 왜?'

정슬아가 입 모양으로 물었다. 유찬이는 고개를 홱 돌렸다.

담임은 화면과 똑같았다. 애들이 집중을 하지 않으면 어이, 어어이, 어이 어이 같은 말을 반복하는 것과 수업하다 마치 래그 걸린 것처럼 5초 정도 멈칫하는 것까지.

"다들 메일로 과제 제출하고 내일도 학교에서 보자. 내일뿐만 아니라 계속 볼 수 있었으면 좋겠네."

몇몇 아이가 우우우 소리를 내자 여기저기서 키득거리는 소리가 들렸다. 선생님도 사실 학교 오는 거 싫잖아요라고 누군가가 말했다. 유찬이도 혼자 키득거리다가 뿔테를 위로 올리던 담임과 눈이 마주쳤다. 순간 고개를 갸우뚱했다. 뭔가 이상했다.

손가락!

담임은 늘 왼손 세 번째 손가락으로 뿔테를 올린다. 지금은 주먹 쥔 오른손으로 뿔테를 올렸다. 물론 왼손잡이라고 늘 왼손만 쓰지는 않는다. 근데 그 모습이 묘하게 이질적이었다. 유찬이가 너도 발견했느냐는 의미로 태동이를 쳐다봤다. 담임이 세 번째 손가락으로 뿔테를 올릴 때마다 태동이와 '뻐큐쌤'이라고 쪽지를 주고받았기 때문이다.

태동이는 쪽지를 주고받을 땐 세상 모든 것에 불만은 품은 것 같았는데 실제로 보니 히죽히죽 웃기만 하고 심지어 공손해 보였다. 그건 유찬이도 마찬가지였다. 쪽지로 공교육 망해라 씨발이라고 하다가 막상 공교육의 최전선인 학교에 와서는 두 손 모아 선생님의 말을 경청했다.

— 뻐큐쌤 뻐큐를 안 하네.

유찬이가 용기를 내서 종이쪽지를 보내자 태동이가 키득거리고는 "씨발, 쌤 가짜 아니야."라고 답쪽지를 보내 왔다. 인터넷으로 보내는 쪽지든 종이로 보내는 쪽지든, 쪽지에선 태동이의 성격이 숨김없이 나타났다.

*

다시 화상 수업이 시작됐다. 이틀 대면 수업, 하루는 화상 수업, 다시 이틀은 대면 수업이다. 어떤 이유인지는 알 수 없지만 이마 과학적인 이유가 있을 것이다. (있겠지? 과학이 발전한다고 해서 행정까지 과학적으로 변하는 건 아니라는 걸 매일 깨닫고 있긴 하다.)

담임이 다시 왼손 세 번째 손가락으로 뿔테를 올렸다.

– 뻐큐쌤 다시 돌아옴.

태동이에게 쪽지가 왔다. "ㅋㅋㅋ"라고 답 쪽지를 보낸 뒤에 정슬아에게 "지겨워 죽겠음."이라고 쪽지를 보냈다. 역시 답이 없었다.

정슬아는 학교에서는 먼저 말을 시킬 정도로 적극적인데, 쪽지를 보내면 씹는다. 화가 나서 나도 알은척하지 말까 싶다가도, 학교에서의 정슬아는 말하지 않고는 못 배기게 하는 면이 있었다. 그게 정슬아의 옆모습 때문인지 말투 때문인지 이상한 웃음소리 때문인지 혹은 이 모든 걸 더한 것 때문인지는 모르지만, 어쨌든 그랬다.

화상 수업은 역시나 대면 수업보다 편했다. 쉬는 시간에 친구를 찾아 두리번거릴 필요가 없다는 게 가장 큰 장점이었다. 왕따처럼 보일까 봐 걱정할 필요가 없다는 뜻이다. 다만 정슬아의 흐흐흐 하는 웃음소리가 그리웠다. 야, 너구나, 너지? 같은 인사도.

– 학교 가고 싶다.

– 돌았?

나도 내가 돈 것 같아라고 쓰려다가 불현듯 이모 식당이 떠올랐다. 정슬아가 단골이라고 했었다. 학교에 가지 않을 때는 종종 놀러 갔었는데 학교에 가게 되면서 오히려 자주 못 갔다.

화상 수업이 끝나자마자 마스크로 단단히 무장하고 우엉 김밥 집으로 달려갔다. 이모는 유찬이를 보자마자 "아이고 어려운 길 납셨네."라고 했다. 지난 열흘간 얼굴을 비치지 않은 걸 비꼬는 말이다.

"그럼 다들 내 얼굴 보고 싶어서 얼마나 난리인데. 우리 반 여자애들이 내 얼굴 보고 싶어서 코로나 바이러스 죽여 버린다고 난리야. 진짜야. 뉴스에도 나옴."

푸우웅 소리가 나서 돌아보니 기둥 옆에서 누군가가 고개를 왔다 갔다 하고 있었다. 어렴풋이 보여도 알 수 있었다.

"정슬아?"

유찬이가 묻자 정슬아가 고개를 돌렸다. 기둥 옆으로 빼꼼 고개를 내밀더니 다시 기둥으로 몸을 숨겼다.

"뭐야? 학교 아니라고 무시하는 거야?"

그러니까 정리하자면 얼굴을 보고 말할 땐 절친이었다가

화상 수업 땐 무시하는 게 아니라, 아무리 얼굴을 대면해도 학교 밖이면 모르는 사이라는 건가?

너무 이상하고 복잡한 관계다. 왜 이렇게까지 해야 하는 걸까?

"우엉 빼고?"

이모가 물었다. 유찬이는 이미 기분이 상할 대로 상한 상태라 "아니 우엉 넣고. 그것도 왕창."이라고 답했다. 정슬아는 그래도 돌아보지 않았다. 앞으로 학교에서도 알은척을 하지 않겠다고 다짐했다. 아무리 옆모습이 예뻐도, 아무리 흐흐흐흐 하고 이상하게 웃어도, 아무리 목소리가 듣고 싶어도 말이다.

*

"너 우엉을 왕창 넣어서 먹었다며?"

"여기는 학교니까 말 시키는 거야? 학교 밖에서 말하면 뭐 코로나 바이러스가 쫓아오기라도 해?"

대답하지 말아야지 했는데 입이 멋대로 나불거렸다. 정슬아의 목소리를 듣고 싶어서는 결코 아니다,라고 생각하는 순간 온전한 패배를 직감했다. 나는 정슬아에게 끌려다닐 수

밖에 없구나. 말 시키면 대답하고 무시당하면 시무룩해하고. 유찬이는 이게 바로 영화 속에서나 보던 사랑인가 싶어 당혹스러웠다.

남들은 초등학교부터 겪는다는 첫사랑을 열일곱이나 돼서 겪다니. 유찬인 자위를 하는 와중에도 혹시 자신은 성욕만 있고 사랑은 못 하는 사람인가 의심했었다. (처음엔 무성애자라고 생각했는데 그러기엔 성욕이 너무 강했다.)

"뭐래. 그럼 너 우엉 알레르기나 그런 게 아니라 우엉을 그냥 싫어한 거네. 근데 싫었다가 갑자기 좋아지기도 하는 거야?"

무슨 뚱딴지같은 소리인지 모르겠다. 그날 홧김에 이모에게 우엉 왕창 넣은 김밥을 싸 달라고 했지만 막상 먹을 땐 우엉을 다 빼고 먹었다.

"지랄. 다 빼고 먹을 걸 왜 달라고 했어?"

이모가 분명 큰 소리로 말했다. 정슬아도 분명 들었을 텐데 왜 유찬이가 우엉을 먹었다고 생각하는 걸까? 생각해 보니 정슬아는 방금 우엉 왕창 넣어서 '먹었지'가 아니라 '먹었다며'라고 말했다. 전자는 자기가 본 걸 말하는 거고 후자는 들은 걸 말할 때 쓰는 표현이다.

"근데 너 어제 쓴 모자 앞으로 쓰지 마. 안 어울려."

"별 참견 다 하네. 너는 바지에 셔츠 넣어서 입지 마. 진짜 촌스럽거든?"

정슬아가 유찬이를 툭 쳤다. 그러더니 다시 흐흐흐흐 이상한 웃음소리를 냈다.

"너 그날 모자 안 썼잖아. 기억 안 나?"

유찬이의 말에 정슬아가 정색을 하고는 "장난이잖아, 장난. 너는 장난도 몰라?" 했다. 너무 정색해서 무서울 정도였다. 정슬아가 자리로 돌아갔다. 고개를 돌리니 태동이가 보고 있었다. 역시나 쪽지로 씨발, 지랄, 뻐큐 할 때와는 달리 얌전한 얼굴이었다. 그러다 쪽지를 보내면 다시 세상 불량한 듯 씨발 씨발 하겠지. 태동이도 실제 자신의 모습을 헷갈려 하는 게 아닐까? 하는 의심이 종종 들었다.

태동이가 뭔가 복잡한 얼굴로 입맛을 다시다가 유찬이를 향해 '알 것 같아'라고 입 모양으로 말했다. 무슨 말인지 되물으려고 하는 차에 담임이 들어왔다.

박완서가 어쩌고 황석영이 어쩌고 박경리가 어쩌고 이야기를 하다가 담임은 흘러내린 안경을 주먹 쥔 오른손으로 치켜 올렸다. 유찬이가 뒤를 돌아봤다. 태동이가 고개를 끄덕이며 이번에도 '알 것 같아'라고 입 모양으로 말했다.

수업이 끝나자 태동이가 집에 같이 가자고 했다. 중학교 땐 종종 친구와 집에 같이 가기도 했다. 아무리 화상 수업과 대면 수업을 병행한다고 해도 3년이나 같은 학교에 다니면 친한 친구도 있기 마련이니까. 고등학교는 입학한 지 반년도 안 됐다. 학교도 집도 늘 혼자서 갔다. 누구와 집에 같이 가는 건 오늘이 처음이었다.

"넌 쪽지 안 받았어?"

"너한테?"

"아니이."

태동이가 말끝을 또 올렸다. 습관이기도 했지만 지금은 답답하다는 뜻 같았다.

"내가 어느 게시판에 쪽지로는 대화가 되는데 얼굴 보면 자꾸 떨린다고, 학교 가기 싫다고 글을 올렸거든?"

태동이는 땀을 삐질삐질 흘리고 있었다. 아직 5월 초. 본격적인 여름이 시작되지도 않았는데 날씨는 이미 여름이었다. 기후 변화 때문이라는데 언젠가 겨울도 사라지지 않을까 걱정스러웠다. 물론 걱정은 걱정대로 하면서 배달 음식은 배달 음식대로 시켜 먹었다. 언행일치도 언생일치도 전혀 되지 않는 뒤죽박죽 인생이었다.

"덥지? 나중엔 남극도 사라질 거래. 편의점 갈래?"

"더워서 나는 거 아니야. 겨울에도 나."

유찬이가 멈춰서 태동이를 빤히 바라봤다.

"사람들이랑 대화하면 그래. 엄마 아빠 빼고."

그랬나? 유찬이는 태동이와 대화했던 순간들을 떠올렸다. 워낙 짧은 시간이라 땀이 나는 줄도 몰랐다.

"그래서 되도록 말 안 해."

편의점에 가지 않겠다던 태동이는 홀로 편의점에 들어가서 빵빠레 두 개를 사 왔다. 엄마 어린 시절에도 있던 아이스크림이라고 엄마가 먹을 때마다 말하던, 바로 그 아이스크림이었다.

"나는 거절했어. 돈이 좀 비싸서."

"뭐를?"

"씨발아, 제대로 좀 들어라."

땀은 계속 시냇물처럼 흘렀지만 태동이는 어느 순간 쪽지의 태동이가 되어 있었다. 화상 태동이와 현실 태동이가 마침내 합쳐진 것 같았다.

"대행 말이야."

"대행?"

"학교에 대신 가 주는 거지. 일당 받고. 돈 많은 애들은 다 할걸? 뭐 우리 학교에 돈 많은 애들이 얼마나 많은지는 모르겠지만. 서울도 아니고.”

“설마.”

“순진한 새끼. 담임도 그 서비스 이용하는 것 같던데?”

뻐큐쌤의 손가락을 떠올렸다.

“근데 좀 싼 데 쓰는 듯.”

태동이가 고개를 흔들며 웃었다.

“너는 진짜야?”

유찬이의 말에 태동이가 “말 안 해 줌.”이라고 했다.

“진짜겠지. 누가 땀을 이렇게 흘리는 애한테 대행을 맡기겠냐?”

“존나 똑똑하네, 씨발.”

세상 얌전한 얼굴로 씨발거리는 모습을 보자니 멍한 얼굴로 화면을 바라보며 씨발 졸려라고 쪽지 보내던 모습이 떠올라 웃음이 새어 나왔다.

태동이와 골목에서 헤어졌다. 친구와 아이스크림을 먹으면서 길을 걸었던 게 얼마 만인지 떠올렸다. 아, 작년이구나. 얼마 되지 않아 괜히 머쓱했다. 회상에 잠기고 싶었는데, 뭔가를 그리워하는 모습을 연출해 보고 싶었는데 뜻대로 되지 않았다. 그러기엔 너무 어렸고 뭘 모른다고 하기엔 나이가 많았다.

그러나 친구와 나란히 걷는다는 감각, 아이스크림을 먹는다는 감각이 일상적이지 않다는 건 확실했다.

*

"잘 왔다. 왜 이렇게 바쁜지. 누가 우리 가게를 찍어서 인터넷에 올렸다네. 진짜 우리 이모가 해 준 것 같아요라나 뭐라나. 그래서 그런지 오늘따라 배달이 너무 많아. 설거지 좀 도와줘."

식당에 들어서자마자 이모가 속사포로 말을 쏟아냈다. 기둥을 봤다. 없었다. 혹시나 정슬아가 이모 가게에 오지 않았을까 싶어서 왔는데 괜히 설거지만 하게 생겼다.

"무슨 이모가 조카한테 돈 받고 요리를 해 줘? 그거 이모가 마케팅 업체에 돈 주고 맡긴 거지?"

"티 나?"

"많이 나."

"어이쿠 또 주문이다. 돈 쓰길 잘했네."

"이모, 근데 자주 오는 애 있잖아. 저기 기둥 뒤에서 먹는애. 알아?"

"우리 브이아이피."

"오늘은 안 와?"

"오겠지. 걔는 애가 참 특이해. 와서 우엉 김밥 한 줄이랑 우엉 떡볶이 2인분씩 먹고 가. 메뉴가 바뀐 적이 없어. 몸은 빼빼 말랐는데 위는 큰가 봐."

태동이에게 어제 대행 서비스 이야기를 들은 뒤에 검색을 해 본 결과 많은 아이가 이 서비스를 이용하고 있었다. 사람을 직접 만나는 게 힘든 아이들을 위한 서비스인데 유찬이보다 어린 학생들일수록 이용 빈도가 높다고 한다.

어떻게 그걸 몰라? 하겠지만 어떻게 알아?라고 하는 게 맞을 거다. 게다가 친한 애들끼리는 오늘은 내 대행이 갈 거야라는 식으로 입을 맞춰 놓는다고 했다. 왜 나만 몰랐을까? 유찬이는 잠시 화가 났지만 친구가 없으니까 모르지라는 아주 합리적인 결론을 내렸다.

근데 애들은 그렇다 치고 담임까지 그 서비스를 이용하는 건 너무했다. 다른 쌤들은 몰랐을까? 만약 다른 쌤들도 그 서비스를 이용한다면 몰랐을 수도 있다. 다들 대행이기 때문에 섣불리 진짜냐고 묻지 않는 거다. 자신이 가짜임을 들킬까 봐. 가짜들이 만들어 낸 안전한 세계였다.

게다가 얼굴형이 비슷하면 3d 프린팅을 이용해 얼굴 마스크도 맞출 수 있다고 했다. 사람들은 마스크만 쓴 줄 알지만 실은 마스크를 포함해 눈과 눈썹까지 가면인 셈이다. 그러니 서로를 실제로 본 적이 없는 사람들을 속이는 건 생각보다 쉬울 것이다.

교육 당국에서도 이미 알고 있지만 워낙 사업이 커서 건드리지 못한다는 얘기도 돌았다. 마치 지하 산업처럼 말이다. 갑자기 단속하면 실업률이 폭증할 거나라 뭐라나.

"오늘도?"

뜨거운 불에 떡볶이를 끓이던 이모가 홀을 향해 큰 소리로 말했다. 정슬아가 문을 열고 들어오고 있었다. 유찬이는 얼른 손을 닦고 정슬아에게 갔다.

"너도 서비스 이용하지?"

일부러 기습적으로 물었다. 정슬아가 흠칫 놀랐다. 역시나였다.

"싼 업체 이용하냐?"

아, 이게 아닌데. 어느새 마스크를 벗은 정슬아가 입술을 깨물면서 수줍게 웃었다. 역시나 학교에서의 정슬아와는 다르다. 그럼 대행에게 자신의 이야기를 해 주면서 내 이야기도 한 것일까? 친하지도 않은데, 왜? 유찬이는 묻고 싶은 게 많았지만 가장 묻고 싶은 걸 물었다.

"그, '학교정슬아' 번호 좀 알려 줄래?"

이번엔 웃지 않았다. 기둥 뒤로 종종걸음으로 걸어가서 쏙 숨어 버렸다. 방금 굉장히 눈치 없는 짓을 했다는 건 알았지만 그래도 학교정슬아의 번호는 꼭 알고 싶었다. 흐흐흐 하는 웃음소리를 더 자주 듣고 싶었다.

*

"내가 어릴 때 할머니가 그랬거든. 자식들 클 때쯤이면 순간 이동 정도는 할 줄 알았는데 아직도 굼벵이처럼 자동차나 타고 다닌다고. 나도 네가 고등학생쯤 되면 자동차가 아니라 경비행기 같은 거 타고 다닐 줄 알았어. 부자들만이 아니라 우리 같은 사람들도 회사 갈 때나 장 보러 갈 때 말이야. 그런데 아직도 자동차를 타고 다니는 게 말이 돼? 것도 개인이 운전해서? 차 막히는 거 하나 해결 못 하고. 쯧쯧. 도대체, 문명이 엄청 발전하는 것 같아도 어떨 땐 너무 안 변해서 신기할 정도라니까."

엄마가 숨도 안 쉬고 말했다. 그래서 유찬이도 말했다.

"엄마, 입 냄새나."

엄마가 입을 다물었다. 엄마는 기술이 너무 발전해서 따라잡기 어렵다면서 한편으로는 세상이 너무 변하지 않는다

고 했다. 기술은 아직 입 냄새조차 완벽하게 해결해 주지 못
했다. 게다가 과학이 발전하면 할수록 비과학적인 이야기를
믿는 사람들의 비율도 일정하게 늘어났다. 차기 대선 주자가
무당을 멘토로 둔다니 말 다 했지 싶다.

"엄마, 대행 서비스 알아? 학교 대신 가 주고 하는 거."

"세상에, 그런 것도 있어? 말세다 말세. 세상이 어떻게 되
려고 그러는지. 우리 때는 상상도 못 한 일이네."

"세상이 변한 거 맞지?"

"우주선에 무당을 태워 가지를 않나, 돈만 주면 학교를 대
신 가 주질 않나. 이럴 거면 안 변하는 게 낫겠다."

유찬이는 가방을 메고 집을 나섰다. 뜨거운 햇살에 정수리
가 살려 달라고 소리를 질렀지만 유찬이는 신경도 쓰지 않았
다. 정수리쯤은 버릴 수 있다. 오늘은 학교정슬아를 보는 날
이니까.

솔직히 양심에 찔리기는 한다. 실업률이 어떻고 폐업이 어
떻고 사망자가 어떻고 할 때는 콧방귀도 뀌지 않다가 학교정
슬아를 좋아하게 되면서부터 바이러스가 제발 끝나기만을
기도하고 또 기도했으니까.

것도 아주 토속적으로.

천지신명(웹소설에서 봤다)과 처녀 귀신과 이순신 장군과

하느님과 성모 마리아와 그리스 고대 신에게까지. 우주선에 무당을 태워 보내는 시대이니, 무당은 과학적으로 존재가 증명된 거나 마찬가지다(지구는 둥글다는 이야기도 처음엔 비과학적인 이야기였다).

유찬이는 자신이 크면 어떤 세상이 펼쳐질까 상상했다. 지금과 다르지 않을 거라고 상상을 하다가 엄마가 어릴 때 학교에 대신 가 주는 대행 서비스가 없었다는 걸 떠올렸다. 지금은 대행과 진짜의 경계가 있지만 나중엔 그 경계가 무너져서 진짜와 가짜를 구분조차 못 하게 되지 않을까. 누구나 매일 다른 삶을 선택하며 살거나 자신이기를 거부할 수 있을 것 같다는 상상도. 그건 멋진 일 같기도 했고 무서운 일 같기도 했다.

"뭐야? 웬 공부?"

학교정슬아가 의자에 앉아 고개를 숙이고 있었다. 정슬아가 흐흐흐 웃으며 쳐다볼 거라고 생각했는데 웃음소리가 들리지 않았다.

"뭐야?"

유찬이가 몸통을 숙이고는 "알바비 떼였냐?" 하고 말했다. 이번엔 웃겠지? 했는데 정슬아가 고개를 들었다. 학교정슬아가 아니라 '화상정슬아'였다. 그러니까 '진짜정슬아'. 그러나 유찬이가 기다린 건 '가짜정슬아'였다. 유찬이는 정슬아를 연기하는 가짜정슬아를 좋아했다. 가짜정슬아를 더 알아가고 싶었다. 가짜정슬아의 웃음소리가 듣고 싶었다. 그때 정슬아가 입술을 깨문 채 눈을 가늘게 뜨고 웃었다. 예쁜 미소였지만 유찬이가 좋아하는 미소는 아니었다.

이제 학교정슬아는 보지 못하는 걸까?

학교정슬아는 어딘가에서 다른 누군가를 또 연기하며 살까? 사람의 얼굴은 생각보다 비슷해서 키와 체중이 비슷하면 가발과 화장, 소품 등으로 연출할 수 있으니까 가짜정슬아는 누구든 될 수 있을 거였다.

그러자 유찬이는 슬퍼졌다. 내가 좋아하는 건 진짜정슬아를 연기하는 가짜정슬아일 뿐이었을까? 그렇다면 가짜정슬아가 정슬아를 연기하는 걸 그만둬도 좋아할 수 있을까? 그러니까 누군가를 연기하지 않는 '아무개'여도 말이다.

담임이 들어왔다. 또다시 주먹 쥔 오른손으로 뿔테를 올렸다.

근데 가짜정슬아는 어떻게 대행의 세계에 진입한 거지? 가짜정슬아는 부모가 없나? 아니면 혹시 나이가 많은데 동안이라 열일곱 살 대행을 하는 걸까?

유찬이의 머릿속은 가짜정슬아로 꽉 차 버렸다. 아니, 일하러 왔으면 일만 하다 가지 왜 사람 마음을 이렇게 요동치게 하고 떠나나. 유찬이는 대행 서비스에 대한 분노가 차올랐다.

수업이 끝나고 담임이 유찬이 옆을 지나가면서 다시 한번 주먹 쥔 손으로 안경테를 밀어 올렸다.

"쌤. 왼손이요, 왼손."

유찬이가 힘없는 목소리로 속삭였다. 담임이 어깨를 으쓱했다.

"왼손 가운뎃손가락으로 올리는 거라고요, 안경은."

담임이 오른손 세 번째 손가락을 폈다가 황급히 왼손 가운뎃손가락을 들어 올렸다. 쌍뻐큐였다. 주변에서 웅성거리는 소리가 들렸다. 유찬이는 고개를 절레절레 흔들면서 자리로 돌아갔다. 세상으로부터 쌍뻐큐를 받은 기분이었다.

'진짜담임'은 실제로 한 번도 보지 못했고 '가짜담임'과는 실제로 얼굴을 맞대고 이야기를 나눴다. 그렇다면 누가 진짜일까? 마치 진짜담임은 우주 같고, 가짜담임은 무당 같았다. 우주는 실제로 가 본 적이 없고 무당은 본 적이 있으니까.

현실은 진짜만으로 이뤄지지 않는다.

*

"데려다줘."

진짜정슬아가 모른 척했다.

"어디 사는지도 몰라?"

진짜정슬아가 고개를 푹 숙인 채 ㅎㅎㅎ 웃었다.

<u>ㅎㅎㅎ?</u>

유찬이는 진짜정슬아에게 바투 붙었다.

"뭐야? 너 누구야? 대행 정슬아야?"

진짜정슬아, 아니 아니 진짜정슬아인 줄 알았던 정슬아가 고개를 들고는 "누군 것 같아?"라고 되물었다.

"너 정말 누구야?"

유찬이가 혼란스러운 마음으로 물었다.

"맞혀 봐!"

정슬아가 말하면서 ㅎㅎㅎ 웃었다. 꼭 연기하는 것만 같았다. 그런데 학교정슬아가 진짜정슬아를 연기하다 다시 학교정슬아로 돌아온 건지, 진짜정슬아가 학교정슬아를 연기하는 건지도 알 수 없었다.

그런데 만약 진짜정슬아라고 했을 땐 마음이 안 가다가 학교정슬아라고 하는 순간 좋아하는 마음이 샘솟는다면 정말 좋아하는 게 맞을까 싶어서 혼란스러웠다.

우주에 간 무당이 돌아오면 붙잡고 물어보고 싶었다. 좋아한다는 게 무엇인지, 좋아한다는 순간의 마음 외에 확실한 게 있는지 말이다. 유찬이는 한껏 턱을 추켜올린 채 자신을 바라보는 정슬아를 똑같이 바라봤다.

"근데 넌 진짜 유찬이 맞아?"

정슬아가 물었다.

"무슨 말이야?"

정슬아가 어깨를 으쓱하더니 "분식집에선 분명 왼손잡이였는데"라고 했다.

"나 양손잡이야."

"진짜?"

"진짜."

"거짓말."

"진짜."

이런 대화가 몇 번 오가다 정슬아가 "넌 유찬이가 아니야, 난 분명히 알 수 있어."라고 했다.

"내가 나라는데 무슨 소리야?"

유찬이가 가슴을 치며 나 정말 유찬이라고 몇 번이나 말했지만 통하지 않았다.

"증명해 봐."

어떻게 증명할 수 있을까? 엄마에게 물어보라고 해야 할까? 그런데 얘는 우리 엄마를 본 적도 없는데 우리 엄마가 우리 엄마라는 건 어떻게 알 수 있지? 내가 나인 걸 증명할 수 있는 방법은 세상에 하나도 없는 것처럼 느껴졌다.

"그런 너는, 널 증명할 수 있어?"

최선의 방어는 공격이라는 말이 있다. 내가 나인 걸 증명할 수 없으니 정슬아가 정슬아인 걸 증명해야 한다. 그때 정슬아가 까치발을 들더니 유찬이의 얼굴에 바투 다가왔다.

아아.

입술이 맞닿았다. 나쁘지 않았다. 실은 좋았다. 누군지도 모르는 사람을 사랑할 수 있을까? 그 순간 유찬이는 자신이 낯설었다. 정슬아가 정말 유찬이가 맞느냐고 했을 때만 해도 확신으로 가득 차 있었다. 내가 누군지 알고 있다는 확신. 그런데 정슬아와 뽀뽀를 한 순간, 그 모든 확신이 녹아내렸다. 나는 누구인데 이런 감정을 느끼는 걸까? 혼란스러웠다.

그때 저 멀리서 흐흐흐흐 웃는 소리가 들렸다.

고개를 돌려서 누군지 확인하고 싶은 마음과 영원히 고개를 돌리고 싶지 않은 마음이 공존하는 와중에도 유찬인 입술을 떼지 않았다.

작가의 말

　'바이러스 학교'라는 소재로 글을 써 달라는 청탁을 받았을 때 '재밌겠다'란 생각을 먼저 했다. 막상 쓰려고 보니 한 번도 SF를 써 본 적이 없다는 걸 깨달았다. 첫 작품 발표 이후 늘 리얼리즘 소설만 써 왔다. 걱정 반 설렘 반으로 작업하기 시작했는데, 다 쓰고 보니 내가 이런 이야기를 하고 싶었구나 새삼 깨달았다.

　〈누구〉엔 가짜와 진짜가 나온다. 그런데 진짜가 무엇인지 모를 때 가짜를 찾아낼 수 있을까? 그렇다면 이야기란 진짜와 가짜를 가르는 게 아니라 진짜가 무엇인지 묻는 일일 것이다. SF든 리얼리즘이든 판타지든 이야기는 늘 현재를 살아가는 사람들에게 묻는다.

우리가 당연하다고 믿는 진실에 대해 의문을 갖는 마음으로 〈누구〉를 썼다. "너는 누구냐?"라고 묻기 위해선 당연히 내가 누구인지 알아야 한다. 우린 누구고 너는 누구일까. 묻고 또 묻고 싶다.

03

몰락 클럽

박소영

2020년 제1회 창비X카카오페이지 영어덜트 소설상 대상을
수상했다. 《스노볼 1》, 《스노볼 2》를 썼다.

아, 배고파.

석은이 결국 당 패치를 꺼냈다. 찌익, 포장지를 뜯는 소리
가 교실의 적막을 갈랐다. 교탁 뒤 보건 선생이 조심하라는
눈짓을 보내자, 석은이 멋쩍게 웃으며 오른팔에 당 패치를 붙
였다. 밀대로 만두피를 펴듯, 석은은 말랑말랑한 초록색 패
치를 손으로 꾹꾹 눌렀다. 옆자리 수현은 벌써 톡톡톡 답변
을 써 내려가기 시작했다. 석은도 스타일러스 펜으로 자신의
태블릿 화면에 밑줄을 쭉쭉 그었다.

**타임머신을 타고 과거로 갈 수 있다면, 몇 년도로 돌아가 어떤 환경
운동을 펼칠 것인지 서술하시오.(1,500자)**

흠……. 석은은 부들부들한 촉감의 당 패치를 손바닥으로 쓸어내렸다. 이걸 왜 내가 고민해야 해? 그때 사람들이 잘했어야지. 아, 배고파 죽겠네.

바로 그 순간이었다. 1반과 3반에서 혼란스러운 외침이 동시에 터져 나왔다. 꺅! 서, 선생님! ……피해! 으어악! 다들……. 어서! 책상과 의자를 드르륵 끌고 미는 진동, 분주한 발걸음이 사방에서 뒤섞였다.

석은은 마스크에 가로막힌 자신의 숨소리가 거칠어지는 걸 의식했다. 보건 선생이 본능적으로 태블릿 화면을 터치해 '시험 모드'를 해제했다. 띠링. 띠링, 띠링……. 태블릿 15대가 일제히 교내 알림을 울렸다. 공지 내용을 확인하는 반 아이들의 눈동자가 두려움에 사로잡혔다.

교장실 테러 발생!

악! 뒷사람에게 밀려 운동장 잔디밭에 고꾸라진 석은이 마스크를 부여잡으며 전방을 응시했다. 전교생이 학교 건물을 바라보며 웅성거렸다. "테러라며?" 아침 공기가 부쩍 서늘해져 숨을 몰아쉬는 학생들의 투명한 마스크에 김이 서렸다. "근데 왜 멀쩡하냐?"

띠링, 교장의 전체 공지가 또 도착했다. 시험 답안을 날릴 세라 태블릿을 소중히 안고 나온 수현이 첨부된 사진을 크게 확대했다.

"이게…… 뭐야?"

교장실 책상 위에 낯선 물건이 펼쳐져 있었다.

2분 전

출근이 늦어진 박 교장이 서둘러 교장실 앞에 섰다.

"윽, 냄새."

자동문이 열리자 교장실에서 구린내가 진동했다. 또 화장실 하수구에서 냄새가 올라오나? 박 교장이 얼굴을 구기며 정원 테라스와 이어지는 발코니 창으로 향하는데, 책상 위 이상한 광경이 눈에 들어왔다. 옛날식 보온 도시락에 담긴 흰쌀밥, 총각김치, 달걀 물을 묻혀 구운 스팸, 그리고 구운 김이 전부 절반쯤 먹다 남겨져 있었다.

"이게 무슨……."

마스크를 벗고 씹어 삼켜야 하는 음식물이 전국의 모든 초중고에서 완전히 사라진 지 벌써 십수 년이 지났다.

무증상 감염자가 마스크를 벗고 음식을 먹다 보면 비말이 사방으로 튀어 타인에게 바이러스를 옮길 수 있고, 그러다 교내 집단 감염이 일어나면 학교는 문을 닫아야 한다. 온라인 클래스를 이용한 원격 수업으로도 지식은 전달할 수 있지만, 부모가 일하는 시간에 방치되는 아이들을 랜선으로 보호해 줄 수는 없다. 무엇보다 10대 아이들이 또래와 살갗을 부딪치며 사회화를 배울 수 있도록 학교는 문을 열어야 한다. 이러한 사회적 합의는 끊임없이 반복되는 바이러스의 공격으로 팬데믹이 일상화된 시대에도 '지속 가능한 등교'가 가능한 방법을 찾아냈다. 학교에서 마스크를 벗지 않고도 식사를 해결하도록 한 것이다.

박 교장은 재차 마스크를 얼굴에 밀착시키며 숨을 참았다.

"어떤 미친 인간이……."

책상 아래 세워져 있던 빈 소주병이 박 교장의 발에 채여 툭 쓰러졌다. 맙소사. 전염병에 걸려 죽음을 앞둔 부랑자가 세상에 한을 품고 저지른 짓이 분명했다. 박 교장은 재빨리 현장 사진을 찍고 교장실을 빠져나왔다.

교내에서 함부로 비말을 퍼뜨리는 행위는 학생들의 등교 권리를 위협하는 '생화학 테러'였다. 저 혼자 죽을 수는 없다는 거지. 박 교장은 덜덜 떨리는 손으로 휴대 전화를 움켜쥐었다. 교장실 테러 발생! 선생들에게 보낸다는 게 그만 교내 모두에게 발송하고 말았다.

사건 발생 39분 경과

석은이 은슬 쪽으로 몸을 기대며 속삭였다.

"너도 '윤봉길'이 외부인 같아?"

교장은 방역 업체에 긴급 방역을 요청한 뒤 전교생 앞에서 짧게 일장 연설을 했다. 범인을 반드시 잡고, 같은 일이 반복되지 않도록 학교 보안에 더 신경 쓰겠다고 말했다. 하지만 오늘 일이 내부인의 소행이라면? 교내에는 교장을 싫어하는 사람이 많았다.

애들이 쉬는 시간에 각 반의 정원 테라스를 관리하고 있으면 교장은 그 모습을 갸륵하게 바라보며 말을 툭툭 내뱉었다. 마스크만 아니었으면 너희도 쉬는 시간에 마음껏 달리며 축구도 하고 그랬을 텐데. 우리 때는 학교에 매점이란 게 있었어.

그러면서 교장은, 입 주변이 간지러워 잠깐 마스크를 벗은 애만 봐도 카메라를 들이댔다. "여기 너 혼자 있는 거 아니잖아?" 찰칵. 두 눈이 허술하게 모자이크 된 누군가의 '민낯'이 교내 모두에게 매주 서너 번씩 전송되었다. 그중에는 석은의 민낯도 있었다.

"교장 같은 사람이 상사면 진짜 짜증 날 거 같아."

"그래서, 윤봉길이 우리 학교 선생님이다?"

은슬이 석은의 추리에 반대하며 VR 헤드셋을 건넸다.

"이제 곧 퇴직하는 교장한테 굳이? 그러다 보건법 위반으로 잘리면 어쩌려고."

"아……그러네."

석은이 왠지 아쉬운 얼굴로 상영관 입구를 통과했다. 오전 수업은 동아리 야외 활동으로 대체되었고, 연극부는 학교 가까이에 있는 영화관으로 인솔됐다.

둘은 잔디밭에 놓인 항균 빈백에 나란히 자리를 잡았다. 은슬이 빈백에 달린 파라솔의 방향을 조절하며 한때 어느 골프장의 12번 홀이었던 풍경을 바라보았다. 길쭉한 인공 연못과 경사진 벙커가 푸른 가을 하늘과 잘 어울렸다. 휘황찬란한 광고를 끊임없이 쏟아내는 전광판들이 없었다면 눈이 훨씬 더 편안했을 텐데.

석은은 불현듯 짭짤한 팝콘과 고소한 버터구이 오징어가 생각났다. 영화관에서 팝콘과 오징어 다리를 씹어 먹던 시절에 태어났어야 했다고 중얼대며 석은이 마스크를 고쳐 썼다.

상영 시간이 되자 관객 20여 명이 각자 VR 헤드셋을 착용하고 이어폰을 껐다. 도시의 소음이 사라지고, 미국의 어느 한적한 동네가 눈앞에 잡힐 듯 펼쳐졌다. 하지만 석은은 주연 배우의 열연이 시작되기도 전에 헤드셋을 벗었다. 배에서 꼬르륵, 꾸르륵 천둥이 쳐대서 속이 쓰라렸다. 석은이 슬쩍 자리에서 일어서는데, 마침 은슬도 헤드셋을 벗었다.

"화장실?"

"아니, 배고파서."

은슬이 헤드셋과 이어폰을 빈백에 내려놓았다.

"같이 나갔다 오자. 이 영화 재미없어."

매표소 자판기에서 대충 허기나 채우려 했던 석은의 얼굴이 밝아졌다. 그러지 않아도 스팸과 볶음김치가 든 삼각김밥이 땡기던 참이었다. 먹을 수 있을지 모르겠지만.

사건 발생 1시간 2분 경과

조금 깐깐한 인상의 편의점 알바생이 고개를 삐딱하게 기울였다. 석은은 계산대에 물건을 내려놓으며 붙임성 좋게 웃었다.

"안녕하세요."

알바생이 삼각김밥 두 개와 컵라면 두 개를 계산대 한쪽으로 쓱 밀었다.

"네, 새문고 후배님들."

알바생이 마스크를 고쳐 쓰는 척하며 천장에 달린 CCTV를 슬쩍 가리켰다.

"근데 평일 낮에 이렇게 교복까지 입고 오면, 학연을 발휘해 줄 수가 없어요."

이론적으로, 석은과 은슬은 지금 이 시각에 편의점에서 삼각김밥과 컵라면을 구매할 수 없었다. 학생들이 쉬는 시간과 점심시간에 학교 밖에서 바이러스에 노출되지 않도록 돕는 '학생보건법' 4조 때문이다. 석은은 지난번 보건 시험에서 이 조항을 반드시 수정해야 한다고 주장했는데, 근거가 빈약하다는 평가와 함께 C를 받았다.

"선배님, 그게요……. 아, 오늘 학교에 문제가 있어서 이따 점심 급식이 안 될 수 있거든요. 그래도 안 될까요?"

석은이 멋대로 내뱉은 말을 귓등으로 들으며 알바생은 계산대 위 따뜻한 음료 매대에서 팩 죽을 두 개 꺼냈다.

"이건 먹고 가도 돼요."

팩 죽에는 규격 마스크에 꽂아 죽을 빨아 마실 수 있는 항균 튜브가 동봉돼 있다.

"으, 이건 저녁에도 매일 먹는데……."

석은이 울상을 지었고, 은슬은 알바생을 곤란하게 하고 싶지 않았다. 은슬이 석은의 미련을 정리해 주는 사이 뒤에 선 손님이 헛기침했다.

"저기요, 제가 먼저 계산하면 안 될까요?"

석은과 은슬은 손님이 당당하게 삼각김밥과 컵라면을 사 가는 모습을 부럽게 바라보았다.

둘은 팩 죽 두 개를 사서 터덜터덜 편의점을 나섰다. 그나마 이번 달에 새로 출시된 맛이었다.

"저기요, 학생들. 쉬잇, 쉿!"

방금 편의점에서 마주친 손님이 비밀 접선을 하듯 조심스럽게 다가왔다. 그가 주변을 두리번거리며 석은과 은슬에게 갈색 종이봉투를 건넸다. 육개장 사발면 두 개가 들어 있었다.

"어? 이거, 저희 주시는 거예요?"

"오늘 급식 못 먹을 수도 있다면서요. 아쉬운 대로 받아 줘요. 너무 똑같은 걸로 사면 티가 날까 봐서."

종이봉투 속 육개장 하나를 살짝 들어 올리자, 참치마요와 전주비빔밥 맛 삼각김밥이 하나씩 보였다.

"사람들 없는 데서 안전하게 드세요. 맛있게."

종이봉투 맨 밑에는 손바닥만 한 가나초콜릿이 놓여 있었고, 석은과 은슬은 예상치 못한 인심에 어안이 벙벙했다. 학생보건법을 대신 위반해 주다니. 그가 자신을 변호하듯 입을 열었다.

"제가 학교에서 급식을 먹던, 그러니까 빨아 마시는 죽 말고 씹어 먹는 밥을 고3까지 먹던 마지막 세대거든요."

"아……."

석은이 감사하다며 허리를 숙이자 그가 손사래를 치며 떠났다. 은슬은 대리 구매를 부탁한 술과 담배를 건네받은 기분이었다. 눈에 띄는 곳에서 입에 댔다가 신고 정신이 투철한 사람에게 걸리면 곤란해진다는 점에서, 학생에게 평일 낮의 삼각김밥은 어느 정도 술 담배와 비슷했다. 석은이 음식을 들고 주변을 둘러보았다.

"근데 이거 어디서 먹지?"

옛날 사람들은 공원 벤치나 길에서도 음식을 씹어 먹었다. 심지어 이동하는 버스나 기차처럼 밀폐된 공간 안에서도 음식을 먹을 수 있었다. 그보다 더 옛날에는 아무 데서나 담배도 후후 피워댔다고 하니, 석은 같은 요즘 애들이 보기에는 야만의 시대나 다름없었다.

어쨌거나 어느 시대에도 컵라면은 아무 데서나 먹을 수 없다. 뜨거운 물이 필요했다.

"너희 집 어디였지? 우리 집은 오늘 아빠가 재택근무 하는
날이라서."

석은의 말에 은슬이 난감한 표정을 지었다.

"우리 엄마도 지금 집에서 일하는 중."

"그럼…… 어디 사람 없는 데 가서 삼각김밥만 먹을까?"

그렇게 말하며 석은은 못내 아쉬웠다. 컵라면 없는 삼각김
밥은 감자튀김 없는 햄버거, 떡볶이 없는 순대였다. 어쩔 수
없이 한적한 곳을 찾아 걸음을 옮기며 석은이 팩 죽에 항균
튜브를 꽂았다.

"사람이 없는 데가 없네."

쭙, 쭙. 죽을 다 마신 석은이 입술로 항균 튜브를 꽉 잡고서
천천히 빼냈다. 이렇게 하지 않으면 튜브에 묻은 죽이 마스
크 입구에 묻어 찝찝해졌다. 석은이 마스크 끈에 걸려 있던
갈고리 모양의 항균 스틱을 빼 튜브가 통과한 마스크 구멍을
슬슬 문질렀다. 투명한 마스크에 작게 나 있던 구멍이 슬금
슬금 메워지더니 이내 얇은 막이 만들어졌다.

자가 치유 능력을 지닌 '마법 물질'. 지금의 신소재 마스크
를 만드는 이 물질이 개발됐을 때 전 세계가 인류의 위대함에
찬사를 보냈다. 석은은 매번 의문이 들었다. 왜 인류의 위대
함은 마스크가 필요 없는 세상이 아닌, 마스크를 잘 쓰는 방

향으로 향하는 걸까?

석은이 항균 스틱을 도로 마스크 줄에 끼워 넣으며 물었다.

"이 신소재 마스크가 개발되지 않았다면, 정말 모든 학교가 온라인 수업으로 바뀌었을까?"

은슬이 어깨를 으쓱거렸다.

"우릴 어떻게든 학교에 보냈긴 했을걸? 자식을 20년 동안 온종일 챙길 수 있는 부모가 몇이나 되겠어. 하라는 공부는 안 하고 계속 딴짓하면서 조는 꼴을 매일 지켜보는 것도 고문이지."

석은이 푸핫 웃음을 터뜨렸다. 마스크 안에 침이 튀었지만, 인류의 위대한 발명품답게 금방 흔적이 사라졌다. 종이봉투 속을 내려다보고 있던 은슬이 대수롭지 않게 말했다.

"우리 이거 학교에서 먹을래? 나 텀블러 있어서 정수기로 뜨거운 물 받을 수 있는데."

석은이 어이없는 웃음을 흘렸다.

"학교에서 어떻게 밥을 먹어."

석은 또래의 아이들은 유치원 때부터 마스크에 항균 튜브를 꽂아 죽을 빨아 마시며 학교에 다녔다.

"왜 안 돼? 윤봉길은 먹었잖아, 심지어 교장 책상에서."

투명한 마스크 너머로 은슬의 웃음기 머금은 입꼬리를 바라보며 석은이 눈썹을 꿈틀거렸다. 학교에서 마스크를 벗고 밥을 먹자고? 이제껏 생각해 본 적 없는 종류의 일탈이었다.

사건 발생 3시간 22분 경과

1학년 2반이 출석 번호대로 급식실 입구에 섰다. 입구 세면대에서 손을 씻은 석은이 센서에 두 손을 쫙 펴서 앞뒤로 내보였다. 파란불이 켜지고, 석은은 지하철역 개찰구처럼 생긴 입구를 통과했다. 이어 자신의 학번이 깜빡이는 자리로 걸음을 옮겼다.

자동 배식 시스템이 석은 앞에 국그릇과 항균 튜브를 내려놓았다. 석은은 그릇과 튜브에 새겨진 자신의 학번을 한 번 더 확인했다. 10210. 이어 세면대 수도꼭지와 비슷하게 생긴 배식구 밑에 국그릇을 두고 핸들을 밑으로 당겼다. 브로콜리와 당근이 섞인 소고기죽이 그릇에 담겼다. 으, 이놈의 당근. 급식실 한쪽 면을 길게 가로지르는 스크린은 오늘 급식 재료가 우리 지역의 어느 농장에서 얼마나 친환경적인 방식으로 키워졌는지 보여 주었다.

석은은 마스크에 항균 튜브를 꽂고 한입 거리인 죽을 아주 천천히 흡입했다. 믹서기에 갈려 나온 만큼 물처럼 쭉쭉 넘어갔다. 평소 두 그릇은 먹어야 배가 차는 석은이 금방 자리에서 일어섰다. 긴급 방역이 온 건물에 진하게 남긴 화학적 냄새에 다들 미간을 찌푸리며 죽을 빨아들였다. 오늘도 죽밖에 먹지 못하는 다른 애들이 불쌍하다고 생각하며 석은은 빠르게 계단을 올랐다.

사건 발생 3시간 31분 경과

옥상 잔디밭에 앉아 있던 은슬이 반갑게 손을 흔들었다. 커다란 태양광 패널들이 정오의 태양을 향해 해바라기처럼 얼굴을 들었고, 그 아래로 시원한 그림자가 하나씩 드리웠다. 그림자 하나를 차지하고 앉은 은슬 앞에 삼각김밥과 컵라면이 하나씩 놓여 있었다. 석은 몫의 김밥과 라면은 멀찍이 떨어져 그 옆 그림자 밑에 놓였다. 석은이 미간을 찡그렸다.

"식당에서 모르는 사람하고 각자 혼밥 해?"

석은이 김밥과 라면을 들고 그림자의 경계선을 넘어 은슬 옆에 털썩 주저앉았다.

"조심하면 좋잖아. 내가 알바 하면서 사람들을 많이 만나니까."

그렇게 말하며 은슬이 또 다른 그림자로 도망가려 하자 석은이 은슬의 팔을 붙잡아 자리에 앉혔다.

"어차피 마스크 쓰고 일하잖아. 우리 언니도 알바 많이 해."

석은이 마스크를 벗어 교복 주머니에 집어넣고, 지휘자처럼 손을 휘저어 컵라면 냄새를 들이켰다.

"그래, 이거지."

그 모습을 보며 웃던 은슬도 천천히 마스크를 벗었다.

"텀블러에 떠 온 물을 두 개로 나눴더니 좀 많이 부족한데, 그래도 익겠지?"

"어디 보자."

석은이 컵라면 뚜껑을 열었다. 물이 면을 겨우 적셨다.

"수프도 조금 덜 넣었지?"

"어, 일단 덜어 놨어."

석은이 엄지를 치켜세웠다.

"역시, 이러니까 옥상 당번이 되지."

성적을 비관한 3학년 학생이 5층 아래로 뛰어내린 사고 이후 옥상은 잔디를 관리하는 학생만이 열고 들어올 수 있었고, 은슬은 지난주부터 옥상 당번을 맡게 됐다.

"자, 하나 둘 셋."

석은과 은슬이 삼각김밥을 하나씩 들고 베어 물었다.

"하, 행복해."

이어서 후루룩, 컵라면 국물을 곁들이니 환상의 조합이었다. 석은과 은슬은 "미쳤다."와 "맛있다."를 조미료처럼 곁들여 가며 순식간에 음식을 해치웠다.

"증거 인멸 완료."

석은이 만족스럽게 배를 두드리는 사이 은슬이 먼저 대자로 누웠다.

"후식?"

"먹어야지."

은슬이 커다란 초콜릿을 한 줄 크게 잘라 석은에게 내밀었다. 석은이 초콜릿을 입안에 넣고 우물거리며 말했다.

"아까 난 네가 편의점에서 멋진 구라를 쳐 줄 줄 알았어."

"뭔 구라?"

"너 구라 잘 쳐서 구은슬이라며."

연극부에서 처음 만난 날, 구슬처럼 보이는 예쁜 이름의 뜻을 물었을 때 은슬은 "구라를 은근슬쩍 잘 쳐서, 구은슬."이라고 답했다.

은슬이 픽 웃었다.

"그거 내가 지은 거 아니야."

"그럼?"

"초등학교 때 나랑 젤 친했던 애가."

"무슨 일 있었어?"

"내가 걔 열세 살 생일 파티에 안 갔거든. 직전까지도 꼭 간다고 해 놓고 어쩌다 보니 못 갔어."

"아……."

생일이라는 말에 석은은 괜히 뜨끔했다. 생일에 최대 여덟 명을 불러 모을 수 있는 건 초등학생 때까지. 이후로는 같은 주소지가 아니면 최대 4인까지만 모일 수 있다. 독립해 집을 나간 석은의 오빠까지 모여 가족 다섯이 석은의 생일을 축하하는 건 이미 4년째 불법이었다.

"그 뒤로 걔가 나 되게 싫어했어. 졸업할 때까지 구라슬이라고 부르면서."

"네가 그때 너무 아무렇지 않게 얘기해서, 이런 사연이 있을 줄 상상도 못 했어."

"아무렇지 않게 얘기할수록 아무렇지 않아지더라고."

모든 걸 아무렇지 않게 말할 수는 없지만.

"……그런가?"

석은도 이름과 관련된 기억이 떠올랐다. 반 아이들이 다 듣는 앞에서 "이석은, 어리석은 짓 하지 마."라고 말했던 초등학교 3학년 담임. 그 후 꽤 오랜 시간 동안 석은은 자신의 이름을 싫어했다.

"그때 그 인간 얼굴에 완벽한 라임에 대한 만족감이 스쳤다니까. 내가 아주 똑똑히 봤어!"

석은이 목소리를 높이자 은슬이 초콜릿을 더 잘라 주었다.

가을바람이 옥상의 푸른 잔디밭을 가볍게 훑고 지나갔다.

"근데 말이야."

석은이 초콜릿을 녹여 먹으며 천천히 말을 이었다.

"우리는 월요일부터 금요일까지 급식을 먹잖아. 저녁도 다들 학원 버스 안에서 팩 죽으로 때우고. 아, 은슬이 너는 알바하는 데서 저녁으로 밥 준댔나?"

"근무 중에는 무조건 팩 죽이지. 알바생들 사이에서 감염 발생하면 골치 아프잖아."

"이것 봐. 우리 다 일주일에 무려 5일을, 생존 식량만 섭취하는 거야. 만족스럽고 기분 좋게 음식을 먹는 게 아니라."

은슬이 입천장에 붙은 초콜릿을 혀로 떼어 내며 고개를 끄덕였다. 별안간 석은이 자리에서 벌떡 몸을 일으켰다.

"우리 내일 점심도 여기서 밥 먹을래?"

"……뭐?"

"아예 요일도 정해서 정기적으로 먹을까? 도시락 싸 와서?"

은슬이 황당한 웃음을 흘렸다.

"비밀 도시락 클럽이라도 만들자는 거야?"

석은이 신이 나서 목소리를 높였다.

"오, 나중에 회원도 받을까? 그래, 이 좋은 걸 우리만 할 수는 없지. 클럽 이름은 비밀 코드처럼, 음…… 몰래 도시락을 먹는 클럽……. 몰래, 도시락……. 어? 몰락? 몰락 클럽 어때? 이 클럽의 정체가 드러나면 우리도 몰락한다, 뭐 그런?"

지나치게 거창하고 심오한 작명이어서 은슬은 웃음이 터졌다. 그래서 딱히 그 이름이 마음에 든다거나 이 난데없는 클럽에 함께하고 싶다는 뜻을 밝히지 않았는데, 석은은 은슬의 대답을 들은 것처럼 굴었다. 가족들에게 들키지 않기 위해 일단 내일 메뉴로는 카스텔라와 우유를 싸 오겠다며, 자기네 아파트 단지에 있는 빵집이 맛있으니 은슬의 몫까지 사 오겠다고 덧붙였다.

은슬은 석은의 흥을 깨는 대답 대신 팔찌를 건넸다.

"그럼 이건 내 빵값."

언뜻 보면 진주 팔찌처럼 보이는 예쁜 비즈 팔찌였다.

"웬? 그냥 그다음엔 네가 사면 되지."

"마음에 안 들면 굳이 하고 다닐 필욘 없고."

석은이 재빨리 팔찌를 손목에 감아 고리를 채웠다.

"내가 몸에 지니는 물건 좋아하는 건 또 어떻게 알고. 오케이, 내일 후식까지 챙겨 온다."

석은이 햇빛에 팔찌를 비춰 보며 웃었다.

은슬이 생각한 것보다 훨씬 훌륭하게 마지막 날이 지나가고 있었다.

사건 발생 5시간 4분 경과

윤봉길은 예상보다 빨리 덜미가 잡혔다. "들었어? 1학년 5반 구은슬이 윤봉길이래!" 은슬이 도시락 테러범으로 지목되면서 갖은 소문이 전교에 퍼져 나갔다.

구은슬 엄마가 항바이러스 건강 보조 식품을 판대. 그래서 구은슬이 그런 짓을 한 거야. 바이러스가 퍼지면 퍼질수록 불안한 사람들한테 이상한 물건을 더 팔아먹을 수 있으니까. 걔네 엄마 건강식품 말고도 별의별 물건을 다 판다더라. 항균 팔찌 뭐 그런 거 있잖아.

말도 안 돼. 석은은 다른 애들이 수군거리는 소리를 들으며 팔찌를 만지작거렸다. 설마 이것도……. 석은은 자리에서 일어서며 교복 주머니에 손을 깊이 찔러 넣었다. 5반으로 가려고 계단을 오르는데 누군가가 석은의 이름을 불렀다.

"이석은, 따라와. 교장 선생님께서 너 찾으신다."

석은은 마스크 안에서 느껴지는 컵라면 냄새에 정신이 번쩍 들었다. 담임을 따라 교장실로 향하며 몰래 팔찌의 고리를 풀려 애썼다. 급한 마음에 팔찌를 세게 잡아당기자, 그대로 톡 끊어져 작은 구슬들이 바닥에 우수수 떨어졌다. 담임이 뒤돌아봤지만, 석은은 아무것도 듣지 못한 척했다. 은슬의 선물이 알알이 흩어졌다.

너 오늘 학교 옥상에서 밥 먹었지? 거짓말할 생각 하지 마라. 몰래 도시락을 먹는 동아리까지 창설했다며? 제정신이니? 남은 네 고등학교 생활이 몰락할 거다, 어리석은 이석은!

후……. 석은은 다가올 심문을 상상하며 교장실로 들어섰다.

"이석은? 거기 세정제로 손 소독부터 하고."

교장과 교감, 그리고 학교보건자치위원회를 맡은 보건 선생이 나란히 앉아 석은을 맞았다. 교장실은 유난히 더 진한 화학적 냄새를 풍겼고, 은슬은 보이지 않았다.

사건 발생 5시간 21분 경과

석우우 단순 참고인이었다. 오전에 야외 동아리 활동을 하면서 은슬에게 별다른 얘기를 들은 게 없는지, 선생들은 그 정보를 알고 싶어 했다. 컵라면이나 몰락 클럽 따위는 알지도 못했다.

"구은슬이 정말 인정했어요? 자기가 윤봉길이라고?"

"윤봉길?"

교장이 미간을 찡그리자, 담임과 보건 선생이 석은을 보며 눈에 힘을 주었다. 교장의 면전에 대고 교장을 공공의 적으로 취급해서는 안 될 일이었다. 상황을 파악한 석은이 다시 입을 열었다.

"아, 왜…… 그랬대요?"

교장이 귀찮다는 듯 한숨을 쉬었다.

"너희 별로 안 친하구나?"

석은이 잠시 머뭇거렸다.

"됐다. 이만 가 봐."

피차 소득이 없는 면담이 끝나고 석은은 5반으로 달려갔다. 은슬의 자리를 찾는 건 어렵지 않았다. 빈 책상 위에 은슬이 반납한 태블릿이 덩그러니 남아 있었다.

사건 발생 4일 경과

새문고등학교는 전국적인 화제가 되었다. 박 교장은 '고등
학교 도시락 테러범'에 대해 알고 싶어 하는 모든 곳과 인터
뷰했고, 자신이 사건을 얼마나 신속하게 잘 처리했는지 반복
적으로 얘기할수록 기분이 좋아졌다. 박 교장은 이름을 밝힐
수 없는 '문제 학생'의 불우한 처지와 그로 인한 불안, 스트레
스를 여러 차례 언급하며 교육자의 깊은 사랑으로 모든 걸 감
싸 안아 줬다고 밝혔다. 박 교장은 자신의 말을 증명하려 은
슬에게 연락을 취해 장학금 얘기까지 꺼냈지만, 사건 전부터
자퇴를 결심했던 은슬은 학교로 돌아오지 않았다.

사건 발생 7일 경과

존경의 갈채를 받던 박 교장이 난데없이 '문제 교장'이 된
건 어느 단독 보도 때문이었다. 교육자의 모범을 보여 준 박
교장이 사실은 두 얼굴의 파렴치한이라는 내용이었다.

박 교장은 '문제의 잔치'가 동네에 소문나지 않도록 서울
에서 일을 치렀다. 5성급 호텔에 있는 웨딩홀이었다. 결혼식
은 법적으로 49명까지 모일 수 있고, 박 교장은 은혼식도 결

혼식이라며 은혼식으로 위장한 '불법 칠순 잔치'를 열었다.

같은 날 오후 다른 매체는 "더욱 놀라운 사실"이라며 그날 은혼식에 박 교장의 남편은 참석조차 하지 않았다고 전했다. 음성이 변조된 제보자는 "박 교장이 이렇게 좋은 날 남편 얼굴을 뭐 하러 보느냐고 했다."라고 밝혔다.

또 다른 폭로에 따르면, 박 교장은 "우리 같은 사람들은 이렇게 돈을 써서 국가 경제에 보탬이 되어야 한다. 교사는 국가에서 백신도 알아서 무료로 다 놔 주는데, 왜 사적 모임을 할 수 없느냐."라면서 "우리가 왜 이렇게 몸을 사리며 살아야 하는지 모르겠다."라고 토로했다.

순식간에 박 교장은 전국에서 가장 유명한 교육자가 되었다. 하지만 며칠 내내 이어진 폭로들이 놓친 사실이 하나 있었다. 박 교장이 가족과 오랜 친구들을 불러 칠십 번째 생일을 자축할 때, 은슬도 그곳에 있었다.

사건 발생 11일 전

은슬은 주말마다 서울로 알바를 갔다. 고등학생은 시중의 모든 백신을 무료로 맞았고, 덕분에 페이가 높은 알바 시장에서 웬만한 20대보다 유리했다. 그리고 연회장 알바에서 '비밀 유지 각서'에 서명을 요구받는 일은 흔한 편이었다. 어떤 사람들의 인생에는 축하할 일이 너무도 많아, 편법적인 사적 모임을 강행할 수밖에 없었다.

각서에 서명하고 부지런히 빈 그릇을 치우던 은슬이 익숙한 목소리가 들리는 쪽으로 고개를 들었다.

"우리 중에 백신이나 치료제를 못 구해서 죽는 사람이 어딨어? 애초에 백신도 못 맞는 사람과는 마주칠 일이 없는데. 우리가 왜 이렇게 몸을 사리며 살아야 하는지 몰라. 이번에 정권이 바뀌면 좀 나아지려나."

자신의 억울함을 토로하는 데 정신이 팔린 박 교장은 은슬에게 눈길조차 주지 않았다. 교내 '민낯 파파라치' 박 교장이 자신의 불법에는 이렇게 관대하다니……. 접시 열한 개를 동시에 들어 옮기는 은슬의 머릿속엔 인생에서 가장 중대했던 생일 파티가 스쳐 지나갔다.

*

"전부 다 여덟 명에 맞춰서 준비했는데 네가 안 와서 짝이 하나도 안 맞았어. 기념사진도 일곱 명밖에 못 찍었고. 왜 끝까지 온다고 거짓말했어? 내 마지막 생일 파티를 망치고 싶었니?"

절교를 예고하는 눈빛 앞에서 은슬은 자신의 사정을 얘기할 용기를 잃었다.

"……미안."

사실 거짓말을 한 사람은 은슬이 아니라 은슬의 엄마였다. 일주일 전 받은 생일 초청장에는 "참석자 가족의 백신 접종 내역도 확인합니다."라고 적혀 있었다. 당연히 "백신 접종을 완료하지 않은 가정의 친구는 다른 친구들을 위해 참석하지 않았으면 합니다."라고도 쓰여 있었다. 다행히 은슬에게 가족은 엄마뿐이니 엄마만 백신을 맞으면 생일 파티에 갈 수 있었다.

하지만 엄마는 끝내 아무런 백신도 맞지 않았다.

"지금 맞아야 할 백신이 몇 종류나 되는지 셀 수도 없어. 그리고 그게 신청한다고 바로 놔 주는 줄 알아? 돈이 있는 사람도 이런저런 등급에 따라 순서를 기다려야 해."

그러면서 엄마는 은슬에게 새 운동화를 사 왔다며 뿌듯한 표정을 지었다. 은슬이 가지고 싶다고 몇 주 동안 노래를 불렀던 운동화였다. 은슬은 홧김에 운동화를 집어 던졌다.

"지금은 엄마 백신 내역이 필요하다니까! 엄마는 왜 맨날 다 늦어?"

엄마는 신발을 한 짝씩 주우며 자신은 백신을 맞지 않아야 차라리 이득이라고 했다. 엄마는 자기네 회사 제품을 먹고 사용하면 백신을 맞지 않아도 병균을 다 피해 간다며 물건을 팔았으니까. 좋은 직장에 다니면 회사에서 백신도 무료로 놔 주는데……. 엄마 같은 사람은 웃돈을 얹어 주어도 끝까지 차례가 돌아오지 않을 터였다. 바이러스와도 공존하며 살아가는 시대에 엄마는 점점 세상 밖으로 밀려나고 있었다.

은슬은 생일 파티에 가지 못한 이유를 끝까지 비밀로 했다. 자존심은 지켰지만, 친구들과 즐거운 학교생활을 잃었다.

우리가 왜 이렇게 몸을 사리며 살아야 하는지 몰라.

교장의 말을 곱씹을수록 은슬은 헛웃음이 새어 나와 폐가 쓰라렸다.

사건 당일

은슬은 교장실의 널따란 책상에 도시락을 펼쳤다. 스팸을 베어 무는데 작은 사진 인화기가 눈에 들어왔다. 서랍을 차례대로 열어 보니 맨 아래 칸에 앨범 여러 개가 쌓여 있었다. 교장이 촬영한 '민낯 컬렉션'이 모자이크 처리되지 않은 채로 꽂혀 있었다. 잠깐 마스크를 벗었다가 교장과 눈이 마주

치고 당황한 아이들의 표정이 고스란히 담겼다. 앨범을 다 채우고 나면 교장은 마지막 장에 짧은 글귀를 남겼다.

'아이들의 지속 가능한 등교를 위해.'

은슬은 밥알이 목구멍에 걸리는 기분이었다. 젓가락을 내려놓고, 미리 준비해 온 빈 소주병을 책상 아래 설치된 금고에 기대 세웠다. 이어 아직 몇 장 채워지지 않은 앨범 한 장을 길게 쭉 찢었다.

점심밥 다음에는 뭘 포기시킬 거죠?

당신들은 무엇을 포기했었는데?

잠시 뒤, 박 교장은 도시락 테러의 현장을 사진으로 찍기 전 이 쪽지를 바지 주머니에 쑤셔 넣었다. 그러다 순간 아차 싶었다. 바이러스 감염자가 손댄 물건을 만지다니! 박 교장은 얼른 손을 씻고 싶어졌다.

사건 발생 9일 경과

석은이 생활 치료 센터 정문이 보이는 벤치에 앉아 있었다. 은슬은 어이가 없어 고개를 저었다.

"여기가 어디라고 와."

석은이 에코 백에서 카스텔라와 우유를 꺼내 흔들었다.

"점심 아직 안 먹었지?"

둘은 센터에서 10분 정도 떨어진 하천에서 빵 봉지를 뜯었다. 한적한 동네 개천이라 사람이 없는데도 석은이 내미는 카스텔라에 은슬은 마스크를 벗지 않았다.

"나 사람 안 만날 작정하고 여기서 일하는 거거든?"

생활 치료 센터는 알바 시급이 가장 셌다. 백신을 다 맞은 사람만 일할 수 있는데, 그런 사람들은 굳이 여기서 일하지 않으니까.

"그럼 의료진은 다 혼자 살아? 일할 때 페이스 실드도 하고 장갑도 끼잖아. 마스크도 갈아 끼고 나온 거 아냐?"

자신의 마음을 편히 해 주려는 석은의 배려에 은슬은 왠지 더 미안해졌다.

"학교에 이 소문까지는 안 돌았나. 우리 엄마, 백신 아예 안 맞은 지 되게 오래됐어."

그래서 은슬은 항상 불안했다. 같이 사는 엄마에게 혹시 돌파 감염을 당할까 봐. 그래서 결국 자신도 누군가에게 바이러스를 옮길까 봐. 은슬은 학교든 일터든 친해진 사람들끼리 함께 음식을 먹을 일이 생기면 이런저런 핑계를 대고 피했

다. 마스크를 벗고 함께 음식을 먹는 사이가 '친하다'의 기준
이 된 세상에서 은슬에게는 친한 친구가 없었다.

"이석은. 너랑 같이 점심 먹은 거 후회했어. 나 때문에……
네가 아플까 봐."

은슬의 말을 가만히 듣고 있던 석은이 카스텔라를 든 손을
내려놓았다. 이어 옷소매를 걷어 올리자 팔찌가 드러났다.
진주 빛 비즈 사이사이로 각양각색의 구슬이 끼워져 있었다.

"미안. 알을 몇 개 잃어버려서 다른 걸로 좀 채웠어."

"……버렸을 줄 알았는데."

은슬의 엄마가 처음 판 물건이었다. 엄마는 기념이라며 은
슬에게 같은 디자인의 팔찌를 선물로 주었다. 본인이 주장하
고 다니는 말이 피그말리온 효과를 내는 건지, 엄마는 정말로
바이러스를 잘 피해 다녔고 은슬은 언젠가부터 저 팔찌를 부
적처럼 가방에 넣고 다녔다.

"구은슬, 다시 학교 나와."

석은이 심통 난 얼굴로 카스텔라를 베어 물며 덧붙였다.

"정작 교장은 잘만 다니는데 네가 왜 떠나."

정년퇴직을 코앞에 둔 박 교장은 해임을 주장하는 여론에
정면으로 맞섰다. 은혼식 당일 남편이 멋대로 나타나지 않은
게 본인의 잘못이냐는 주장을 폈다.

"몰락 클럽도 해야지. 클럽을 나 혼자 어떻게 해?"

은슬이 힘없이 픽 웃었다.

"그걸 어디서 하게. 나 이제 옥상 당번 아니다?"

"더 좋은 데 있어. 춥고 비 와도 밥 먹기 편한 곳. 야, 근데 이거 진짜 먹어 봐. 장난 아니라니까?"

석은이 재차 카스텔라를 내밀었고, 은슬은 못 이기는 척 마스크를 벗었다. 다시 학교로 돌아가고 싶다는 생각이 들었다. 아주 오랜만에 등교가 싫지만은 않았다.

사건 발생 23일 경과

"이번에는 또 뭐야?"

팩 죽용 보온 통에서 등장한 닭다리를 보며 놀란 은슬을 향해 석은이 씩 웃었다.

"어제저녁에 언니랑 치킨 시켜 먹었거든. 하나 꿍쳐 놨지."

석은이 오늘 아침 에어프라이어에 돌려서 바로 보온 통에 담아 온 닭다리는 방금 조리한 치킨 못지않게 맛있었다. 은슬이 손가락에 묻은 양념을 쭉쭉 빨면서 킥킥거렸다.

"이러다 우리 나중에는 여기서 삼겹살 구워 먹는 거 아닌지 몰라."

둘은 은슬이 가져온 사과를 후식으로 하나씩 나눠 먹으며 뒷정리를 했다. 테라스를 열고 환기까지 마치니 교장실은 몰락 클럽의 수요 조찬 모임이 열리기 전과 똑같은 상태가 되었다.

도시락 테러의 목적이 교장에게 한 방을 날리기 위해서였다면, 조찬 모임은 '선택적 비밀 포비아'인 교장이 가장 안전하다고 여기는 장소에서 교장을 기만하고자 했다. 기만은 어른들만 할 줄 아는 게 아니었으므로.

은슬이 사과를 입에 물고 교장실 금고의 잠금장치 다이얼을 돌렸다. 도르르. 터치 패드가 아닌 옛날식 잠금장치가 주는 촉감이 중독적이었다. 안에는 뭐가 들어 있을까? 중요 문서? 귀중품?

"중간고사 문제가 든 외장 하드?"

이제까지는 금고에 별 관심이 없던 석은이 은슬 옆에 털썩 주저앉았다.

"아니, 내가 커닝을 하겠다는 건 아니고."

은슬도 실없이 웃으며 속으로 숫자를 계산했다. 은혼식이 랬으니까, 25년 전이면…… 은슬은 교장의 결혼기념일에 맞춰 잠금장치를 돌렸다. 스륵, 스륵, 철컥.

"어?"

석은과 은슬이 기대에 찬 눈빛을 주고받았다. 빈 금고라도 실망스럽지 않았다. 먹고 남긴 음식을 집어넣는 장난을 칠 수도 있으니까. 은슬이 천천히 금고의 문을 열었다.

홈런볼, 고구마깡, 꼬북칩, 치즈 후레쉬팡, 데니쉬 패스트리……. 온갖 과자와 빵이 열을 맞춰 채워져 있었다.

"와, 그렇게 매점 타령을 하더니 몰래 개인 매점을 차렸네?"

어이없단 얼굴로 고개 젓는 은슬 옆에서 석은이 의미심장하게 물었다.

"과연 이게 교장만의 매점일까? 선생님들 사이에 비밀 매점 클럽, 즉 '밀매 클럽'이 존재할 가능성은?"

석은과 은슬이 서로를 마주 보며 씩 웃었다.

작가의 말

　박 교장은 왜 그랬을까? 수십 년 동안 헌신해 온 교직에서 명예롭게 퇴직할 날을 코앞에 둔 시점에, 그는 왜 굳이 '불법 칠순 잔치'라는 위험을 감수했을까?

　나는 그가 억울한 마음에 그랬다고 생각한다. 박 교장은 칠십 번째 생일을 보통의 생일보다 특별히 축하하고 축하받는 사회에서 자랐다. 주인공이 한복을 입고 앉아 축가를 듣는 고희연까지는 아니어도 친족이 모여 맛있는 음식을 나누는 칠순이 당연했다. 당연하게 체득해 온 그 '행복한 풍경'을 정작 자신은 누릴 수 없다는 게 못내 아쉬웠을 것이다.

　반면 박 교장의 학생들은 빨대로 죽만 빨아 먹는 점심밥이 지겨울지언정 억울하지는 않다. 컵볶이와 떡꼬치, 매점의 빵과 아이스크림 등이 사라진 학교에 익숙하다. 공공장소에서는 그 누구도 함부로 마스크를 벗고 음식을 씹어 먹지 않는 시대에 태어나 자랐기 때문이다. 이는 바이러스와 공존해야 하는 시대의 당연한 변화이고 세대 차이다.

여럿이 모여 생일 밥을 나눠 먹으면 불법이 되고, 반복되는 일상에서 먹는 기쁨이 박탈된 학교가 자연스럽다니. 먹는 일에 언제나 진심인 나에게 〈몰락 클럽〉은 아찔한 디스토피아 그 자체였다.

04

어떤 미래

이울

읽고 싶은 것을 쓴다. 장편 소설 《정답은 까마귀가 알고 있다》를 독립 출판했고, 로맨스 판타지 《낙원은 없다》를 연재 중이다. 《그래서 우리는 사랑을 하지》의 〈스틸 앤드 숏〉을 썼다.

Welcome to Walls(월스에 온 것을 환영합니다).

이곳 월스에서는 여러분의 장벽을 허물어 드립니다. 대면 시대의 자유를 누리세요. 세계 곳곳의 사람들은 물론, 당신의 옆집 사람과도 대화를 나누세요. 선물을 주고받고, 같이 프로젝트를 완성할 수도 있습니다. 완성된 프로젝트는 오픈 월(Open Wall)에 공유해 보세요. 사람들의 반응을 얻고 심리적 거리를 좁혀 보세요.

시작하기

감사합니다, 담리 님. 이제부터 담리 님의 담벼락 너머의 세계를 자유롭게 누려 보세요.

    — 담리야! 나 래아.

    — 어. 네가 가입하라고 해서 했어. 이거 어떻게 하는 거야? VR 고글이랑 글러브랑 이어버드 다 있어?

    — 응.

    — 그러면 손 움직여 봐.

    — 이렇게?

    — 거봐, 뜨지? 그게 기본 메뉴고 여기가 네 월이야. '벽' 할 때 '월', 알지?

    — 알아, 알아. 근데 여기 그냥 허공인데?

    — 당연하지. 넌 방금 가입했으니까. 이제 여기를 꾸미면 돼.

    — 어떻게?

    — 몰라, 너 원하는 대로. 두 손가락으로 말이야, 검지랑 중지로 그려 봐.

    — 이렇게? 어, 우와. 네모가 생겼어.

    — 기본 도형이라서 색깔이 파란색인데 무늬나 질감을 수정하거나 두께를 설정할 수도 있어.

    — 그렇구나. 너는 어떻게 꾸몄는데?

    — 보여 줄게. 원래는 아이디 검색해서 타고 넘어와야 하는

데 귀찮으니까 '링크도어' 만드는 법 알려 줄게. 아까처럼 허공에다 아무거나 그려 봐.

   — 그렸어.

   — 무슨 맨홀 구멍같이 그렸냐. 어쨌든, 여기다가 내 아이디 받아 적어. 'rearea_11'. 어. 그렇게. 그러면 도형이 까매지지? 그게 링크도어야. 네가 지금 바닥에 동그라미 그려 놔서 모양이 좀 이상한데, 여튼 거기로 들어가면 내 월로 올 수 있어. 한번 해 봐.

   — 이렇게? 으악, 떨어지잖아!

   — 바보야, VR인데 뭘 떨어져. 여기야.

   — 와, 넌 집을 지었네.

   — 마음대로 꾸밀 수 있어. 오픈 월에서는 사람들이 미리 만들어 놓은 오브젝트도 살 수 있고. 구경해 봐.

   — 알았어…….

메뉴

홈 월로 돌아가기

오픈 월 방문하기

로그아웃

문의하기

월스를 안 하는 사람은 거의 없다. 물론 어제까지의 나처럼 있기야 하겠지만, 안 한다는 건 사회생활의 절반은 날리겠다는 의미이다. 처음 베타 서비스가 시작됐을 때 이모가 예전 미니홈피 시절 같다고 했는데, 그보다는 좀 더 게임 같기도 하고 다른 기능도 많다. 유명 아티스트랑 가수가 가입해서 따라 가입하는 팬이 많아지면서 정식 서비스가 시작됐는데, 그것도 벌써 서너 해 전이다. 이제는 웬만한 사람들 모두 월스에 가입하게 됐다. 약속도 월스에서 잡으니까.

특히 이모 나이의 사람들이 월스를 좋아한다. 이모 말로는 대면 시대같이 남들이 꾸며 놓은 월에서 친구 여럿이서 만나고 놀 수 있어서 좋다고 했다. 그때처럼 가게를 꾸며 놓은 곳이나 카페를 재현한 곳도 있다고 한다. 나는 잘 모르겠다고 했더니 이모는 항상 묘한 미소로 말한다.

– 코로나 세대는 모르지. 이모 때는 학교에 가면 반이 나누어져 있었고 같은 반 친구들끼리 급식도 먹고 그랬어.

이모의 미소는 아마 그때에 대한 그리움, 뭐, 그런 거겠지. 반이 나누어져 있으면 그냥 임의로 정해진 조합으로 1년 내내 살아야 하는 것이냐고 물었다. 이모는 고개를 끄덕였다.

– 응. 그래서 반 배정 날 엄청 긴장했다니까. 싫어하는 애랑 같은 반 될까 봐 걱정하고, 친한 애들이랑 다른 반 되면

울고.

　ㅡ 왜 그런 걸로 학생들에게 스트레스를 준 거야?

　ㅡ 그땐 다 그랬어.

이모한테 물어보면 대면 시대는 별로 그리워할 만한 시대
는 아닌 것같이 들렸다. 반 구성원을 바꿀 수 없는 것은 당연
하고, 듣고 싶은 수업과 교사 선택도 불가능했다. 그리고 시
간표도 정해져 있어서 똑같은 시간에 모두가 똑같은 수업을
똑같이 듣고, 그걸 따라가지 못하면 시험 점수가 낮게 나올
수밖에 없었다고 한다. 시험 점수가 낮으면 나중에는 원하는
대학교 입학도 어려웠단다. 나는 교육부 홈페이지에 업로드
되어 있는 수많은 수강 과목 중에서 필수 과목과 선택 과목의
소개란을 하나씩 읽어 보면서 고민했다. 시험에서 한 번에
좋은 결과를 내지 못하면 다시는 기회가 주어지지 않는 세상
은 불합리하면 불합리했지, 그리움의 대상이 될 수 있지는 않
아 보였다. 그런데 이모는 물론이고 엄마나 아빠도 항상 그
말을 했다.

　ㅡ 코로나 세대는 안타깝지. 요즘 애들은 사회성도 부족하
고 낭만도 없고, 사회 문제야.

뉴스에서도 비슷한 말이 항상 오갔다.

코로나 시대의 시작점에서 태어난 아이들이 이제 막 사회로 나오기 시작하면서, 대면 세대와의 갈등이 우려됩니다.

어른들은 고개를 끄덕이지만 이제 스무 살이 된 '코로나 세대'와 그보다 어린 나이의 사람들은 그렇게 생각 안 한다. 비위생적이게 마스크도 안 쓰고 다 같이 몰려다니면서 팥빙수 하나를 여러 숟가락으로 나눠 먹는 게 사회성이라고? 그게 더 이상해 보인다.

나는 강의 목록을 내려 보다가 특이한 강의 제목을 발견했다. '근대 이후, 코로나 이전 – 현대사 기초'라는 제목의 강의였다. 섬네일을 클릭하자 강의 소개가 떴다.

1950년대부터 2020년까지의 한국 현대사와 문화를 다루는 기초 과목으로, 코로나 세대의 이해를 돕기 위해 개설된 과목입니다.

"코로나 세대는 모르지."

이모가 자주 하던 말이 생각났다.

모르긴 뭘 몰라, 배우면 되지. 나는 충동적으로 수강 신청을 눌렀다.

사이버 강의실 '마이 페이지' 쪽지함에 숫자 1이 떠서 클릭했다. 모르는 이름으로 메시지가 와 있었다. 같은 강의를 듣는 사람일 텐데 무슨 일인가 싶었다. 메시지는 간단했다.

 — 현대사 기초 듣는 사람이에요. 님 저랑 같이 탐방 과제 하실래요?

수업 시간에 다룬 것과 관련된 장소를 탐방하고 보고서를 작성해서 제출하는 과제였다. 혼자 하든 같이 하든 어차피 해야 하는 건 매한가지라서 답장을 했다.

 — 어디 탐방할 건데요?

답장을 하고 의자 등받이에 쭉 기댔다. 노트북 화면은 시간이 멈춘 것처럼 고요했다. 옆방에서 동생이 화상 강의를 듣는 소리가 들렸다. 서재에서는 엄마가 온라인 회의를 하고 있고 아빠는 거실에서 타자를 치고 있다. 다들 일하고 공부하는 시간이라 집 안은 하나의 공간이 아니라 분할된 네 개의 상자가 붙어 있는 꼴 같았다. 새로 고침을 연달아 눌렀다. 너덧 번째에 숫자 1이 다시 떴다.

 — 아마 세월호 추모관이요.

무난할 것 같았다. 나도 별다른 좋은 아이디어가 떠오르지 않았다.

 — 네. 그럼 언제 되세요?

— 목요일이요.

내일이잖아. 난 달력을 확인하며 헛웃음을 털어 냈다. 내일이면 강의 몇 개 듣고 월스나 하려 했는데. 그런데 강의는 금요일로 미뤄도 되고 월스는 당장 할 필요 없다. 내일 가도 문제는 없지. 나는 답장했다.

— 그럼 내일 1시에 세월호 추모관 앞에서 볼게요.

— 네!!

엄청 적극적인 사람이네, 생각하면서 달력의 내일 날짜에 '탐방 1시'라고 적었다. 어른들이 좋아할 만한 사람이겠다. 먼저 말 거는 것을 두려워하지 않고, 약속도 턱턱 잡고, 그리고 적극적으로 사람과 만나고. 나 같은 요즘 애들은 사람과 친해지는 데에 너무 오래 걸린다고 문제라고 했다. 직접 만나서 말하기보다 메신저나 화상 통화로 일을 해결하는 것을 선호한다고, 사회적 동물인 인간이 그 인간성을 잃어 간다는 한 전문가의 비장한 인터뷰를 뉴스에서 본 적이 있다. 코로나가 가져온 비극. 비극의 세대는 누군가가 해결해야 할 문제로 남을 뿐, 살아가는 현재는 아닌가 보다.

나는 글러브와 고글, 이어버드를 끼고 월스에 접속했다. 래아한테 말하고 싶었다. 내 월은 래아의 월로 가는 맨홀 구멍 빼고는 텅 비어 있었다. 뭔가를 채워야 하는데 뭐로 채워

야 할지도 몰랐다. 래아의 월에 놀러 가면 아이디어가 떠오
를까? 나는 맨홀 구멍으로 걸어 들어갔다.

－ 야, 나 새 글러브 샀다.

래아의 월로 이동하자마자 래아가 말을 걸었다.

－ 그거 설마 저번 주에 출시된 글러브야?

－ 응. 아빠가 사 줌.

－ 와, 그거 촉감 감도가 20배라며.

－ 응. 그래서 온도도 느낄 수 있어.

래아가 차가운 얼음이 담긴 유리컵 오브젝트를 들어 보였
다. 데이터로 만들어진 영상에 불과했지만 래아의 손가락에
는 냉기가 쨍하게 전해졌을 것이다. 나는 내 글러브를 내려
다봤다. 그렇게 구린 건 아니었지만 그렇다고 최신형도 아니
어서 어떤 촉감은 감지가 안 됐다.

－ 좋겠다.

나는 짧게 말하고 래아의 월을 둘러봤다. 래아는 자기가
살고 싶은 꿈의 집을 짓는 사람처럼 자기 월을 가꿨다. 래아
는 아는 사람도 많고 팔로워도 많았다. 그래서 나에게 매일
같이 새로운 소식을 전해 준다. "누구랑 누가 사귄대. 저기
103동 걔가 헤어지고 이번엔 다른 애 만난대." 사실 그리 궁
금하지 않은 여애담이었지만 래아는 그런 이야기를 전달하

는 것 자체에 흥분하는 사람인 게 분명했으므로 나는 가만히 듣는다. 이 근방은 물론 옆 동네의 각종 연애 스캔들을 줄줄이 꿰는 래아에 비해 나는 확실히 사회성이 결여된 것 같긴 하다.

래아는 벌써 다른 누군가와 대화를 시작했다. 친한 사람인가 보다. 나는 조용히 대화에서 빠져나왔다. 혼자 노는 게 나을 것 같아서 메뉴의 '오픈 월'을 선택했다. 전 세계 사람들이 공개한 월과 오브젝트를 구경할 수 있는 곳이다. 잠시 동안의 로딩 화면이 지나고 무작위 추천으로 프로필들이 주르륵 떴다.

소설 7편의 작가. 비건이고 뜨개러예요.

물리학 박사. 천체물리학 학술지 <성운> 집필진.

일러스트레이터 진아입니다. 포트폴리오는 월에, 외주 문의는 메일로.

수많은 사람, 수많은 직업, 수많은 취미와 관심사와 정체성. 개중에 눈에 띄는 것은 자신을 소개하는 용어들이었다. 자신이 누구인지 알려 주는 단어들이 모여서 하나의 사람을 이루고 있었다. 아니, 그 사람은 자신을 설명하기 위해 그 수

많은 단어를 동원하고 있었다.

나는 서둘러 내 월로 돌아왔다. 역시 텅 비어 있었다. 맨홀 구멍 같던 링크도어가 블랙홀 같아 보인다. 그 안으로 나를 설명했어야 할 단어든, 색이든, 모양이든, 무엇이든 다 빨려 들어가서 텅 빈 흰 공간만 남은 것 같았다. 내 프로필에는 '프로필을 입력하세요'라는 기본 안내문이 있었다.

단 두 명의 팔로워인 래아와 이모의 프로필을 열었다.

아마추어 오브젝트 디자이너. 창작물은 제 월을 확인하세요!

대면 시대의 망령. 밀레니얼 케이팝과 함께 퍼먹는 팥빙수 같은 무언가를 바라면서 살고 있는 커피 애호가.

나는 '프로필을 입력하세요.'란에 쓸 말을 생각했다. 짜냈다. 짜내서 나온 몇 단어를 적었다.

17살. 여자. 노래 듣는 걸 좋아함.

그리고 '노래 듣는 걸 좋아함.'을 지웠다. 월스에서 나 같은 수준은 아마추어 음악 애호가의 발가락도 못 따라가지 않을까? 내 프로필은 결국 '17살. 여자.'기 됐다.

고글을 벗고 이어버드를 빼고 글러브를 벗었다. 침대에 누웠다. 방 바깥의 소음은 너무 일상적이어서 아무런 감상을 불러일으키지 않았다. 하늘밖에 보이지 않는 아파트 창문 역시 텅 비어 있었다. 문득 창밖에 담쟁이덩굴이 내려와 있으면 좋겠다고 생각했다. 그러면 프로필에 담쟁이와 살아가요 정도는 쓸 수 있겠지. 이런저런 생각을 하면서 해가 서서히 서쪽으로 내려가는 걸 구경했다. 그러다 잠들었다는 것을 깨달은 건 다음 날, 약속 시간 직전에 눈을 떴을 때였다.

"늦어서 죄송해요!"

헐레벌떡 뛰어간 공원 앞 횡단보도에 유일하게 서 있는 사람에게 말했다. 어제 메시지를 주고받은 그 사람이 맞는지 확인도 안 했지만 맞는 것 같다. 그 사람이 핸드폰으로 시간을 확인하더니 손을 내저었다.

"괜찮아요. 어차피 점심 못 먹어서 점심 먹을 시간 필요했거든요."

아침과 점심 모두 건너뛴 내 배는 금방이라도 꼬르륵 소리를 낼 것 같았다. 나는 머쓱한 표정이 마스크 덕분에 숨겨졌다는 것을 감사히 생각하면서 공원 한쪽에 작게 서 있는 건물을 훑어봤다. 겉에 노란 리본 모양의 조형물이 커다랗게 달려 있었다.

"전 강모연이에요. 같은 수업 들어서 반갑네요."

나는 순간 그 사람, 강모연이 손을 내민 이유가 무엇인지 물을 뻔했다. 어색하게 손을 잡고 악수를 했다. 현대사 수업을 들을 필요 없는 사람 아니야? 생각하면서 손 세정제를 꺼내서 손에 발랐다.

"이름이 뭐예요?"

그제야 내 소개를 하지도 않았다는 것을 깨달았다. 나는 서둘러 대답했다.

"박담리요."

'17살. 여자.' 내 프로필이 옆에 둥둥 떠다니는 것 같았다. 강모연의 프로필은 어떨까. 이모처럼 막 '대면 시대의 망령.' 뭐, 이런 걸까? 같은 수업을 듣는 걸 보니 망령이 될 나이는 아니고 동경자? 나는 강모연을 흘낏 봤다. 낡은 크로스백 끈을 쥔 채 햇빛 때문에 이맛살을 찌푸리고 있었다.

"갈까요?"

나는 고개를 끄덕였다. 강모연은 여기에 매일 오는 사람처럼 아주 익숙한 걸음걸이로 노란 리본이 달린 건물을 향해 앞장섰다. 나는 종종걸음으로 따라가야 했다.

건물은 겉이 나무로 되어 있고, 종이배가 가득 들어 있는 투명한 우체통을 앞에 두고 있었다. 편지를 써서 종이배를 접고 우체통에 넣는 방식이었다. 나는 사진을 몇 장 찍었다. 강모연은 대충 눈으로 훑더니 건물 안으로 들어갔다. 아무래도 보고서는 내가 다 쓰게 될 모양이다.

"이때 죽은 학생들이 열여덟 살이었던 거, 알아요?"

강모연이 벽에 붙은 설명문 앞에 서서 말했다. 잘은 몰랐다. 학생들이라는 것 정도만 알았는데. 침몰하는 커다란 배의 사진 자료가 벽에 붙어 있었다. 문득 그 안에 있는 사람이 나라는 생각을 하니 등골이 서늘했다.

"예전에는 수학여행을 갔대요. 다 같이 놀고 먹고 자고를 며칠 하는 거. 같은 반이라고, 학생들을 서른 명 정도씩 나눠서 단체 생활을 하고."

"잘 아시네요."

"그냥 관심이 많아요."

역시 한두 번 온 게 아닌 모양이다. 어쩌면 보고서를 나 혼자 쓰지 않을 수도 있다. 나는 약간 안도하며 강모연을 쫓아갔다.

"이 사람들은 자신들이 이렇게 될 줄 상상도 못 했겠죠? 재난 속에 있을 때도 생각해 보면 그냥 똑같이 숨 쉬고 움직이는 상태니까."

강모연은 희생자들의 이름이 빼곡히 적힌 금속 구조물 앞
에 서서 이름을 하나씩 읽어 내렸다. 이 이름들은 20년이 넘
게 지나도 기억되는 이름이다. 내 속마음을 읽은 건지 강모
연이 물었다.

"어떤 이름은 기억되고 어떤 이름은 기억되지 않겠죠? 지
금도 재난인데 우리 이름은 누가 기억해 줄지 모르겠어요."

추모관 안에 노부부가 들어왔다. 그들은 천천히 공용 펜과
메모지 앞에 서더니 무언가를 쓰기 시작했다.

"지금이 재난이라는 게 무슨 의미예요?"

내가 되묻자 강모연이 나에게로 고개를 돌렸다. 나는 문득
그 애의 눈을 처음으로 바로 쳐다봤다는 것을 깨달았다. 진
한 눈매에 새까만 홍채가 번뜩였다. 마치 크게 모욕을 당한
사람처럼.

"보고서 사진 다 찍었으면 가요. 사진 보내 주시면 제가 개
요 적어서 보내 드릴게요. 살 붙여서 다시 저한테 보내 주시
면 제가 수정해서 제출할게요."

마스크 아래의 표정이 궁금했던 적은 이번이 처음이었다.
강모연은 읽어 낼 수 없는 눈을 이내 돌리고는 노부부를 지나
쳐 추모관을 나갔다. 노부부는 정성스레 메모지로 종이배를
접고 있었다. 수많은 손이 닿았을 펜을 맨손으로 만져 접은

종이배. 복잡한 감정이 올라와서 나도 강모연을 따라 추모관을 나섰다.

"저기요, 제가 뭐 잘못했어요? 혹시 기분 나쁘게 했어요?"

나는 공원 언저리까지 가 있는 강모연에게 소리쳤다. 그는 돌아보더니 고개를 저었다.

"전 알바 있어서 먼저 가 볼게요."

"알바?"

"번호 드릴 테니까 사진 보내 주세요."

강모연은 또 손을 내밀었다. 나는 말없이 핸드폰을 한 번 세정 티슈로 닦고 건네줬다. 강모연이 번호를 치고는 돌려줬다. 다시 세정 티슈로 닦았다.

"문자 주세요."

강모연은 그대로 공원과 보도의 경계를 표시하는 돌담 쪽으로 가더니 세워져 있는 바이크에 올라탔다. 작은 흠집들로 잔뜩 뒤덮인 검은색 오토바이가 털털거리는 소리를 내며 시동이 걸렸다. 강모연은 뒤를 돌아보는 대신 한쪽 손을 올려 인사를 하고는 보도를 넘어 찻길로 빠졌다.

나는 얼빠진 사람처럼 그곳에 한참을 서 있었다.

— 저 박담리에요.

- 앗 네

- 사진 보내드려요.

(첨부 파일 열기)

사진을 보냈다. 보고서는 걱정 안 해도 되겠지. 아무래도 아는 게 많아 보이니까. 문제는 그의 마지막 반응이 신경 쓰인다는 것이었다. 가족 중 하나가 사건과 관련이 있나? 그럴 수도 있고. 내가 너무 무신경하게 대했나? 그런데 아무리 생각해도 그날 뭘 잘못했는지 알 수가 없었다. 그때 래아가 말을 걸었다.

- 야, 엄청난 거 알려 줄까?

- 뭔데.

- 저번에 말했던 윤비아랑 김효원 말이야, 걔네 어제 깨졌대.

- 그렇구나.

- 윤비아 처음에 강지운이랑 사귀다가 김효원 때문에 헤어졌잖아!

솔직히 누가 어쨌고 저쨌더라, 이런 말은 재미가 없다. 관심도 없다. 아마 내가 사회성이 떨어지는 코로나 세대여서 그런가 보다.

- 으응.

— 너 무슨 일 있어?

— 응? 아니.

— 뭐야, 빨리 말해.

래아는 눈치가 빠르다 못해 날렵하다. 나는 실토했다.

— 내가 어제 같은 수업 듣는 사람이랑 세월호 추모관 갔거든. 근데 중간에 갑자기 기분이 안 좋아진 것같이 행동하더니 그냥 가 버렸어. 내가 뭐 잘못한 거 있나?

— 뭐라고 했는데?

— 지금이 재난? 뭐, 그런 말을 해서 그게 무슨 말이냐고 물었더니 막…….

— 그게 뭔 소리야.

— 내 말이. 모르겠어.

래아는 한참 동안 침묵하더니 어깨를 으쓱하며 대답했다.

— 몰라. 이상한 사람이야. 그냥 무시해.

그리고 곧바로 누군가의 부름에 "미안." 한마디와 함께 사라졌다. 나는 침대에 걸터앉았다. 정말 뉴스에서 말하는 대로 난 사회성이라는 게 결여된 사람인가? 프로필에 '17살. 여자. 사회성 결여.' 이렇게 쓰여 있는 것처럼 부끄러움이 몰려왔다. 나는 고민하다 이모를 찾았다.

— 이모!

– 어, 담리야. 갑자기 왜?

– 그냥……. 이모도 예전에 수학여행 갔어?

– 응. 전에 말해 줬잖아. 밤에 과자 먹고. 술도 몰래 먹어
봤어.

– 이모가 학생 때 세월호 침몰했지?

이모는 갑작스러운 질문 때문인지 한 박자 늦게 대답했다.

– 그렇지. 그랬지.

– 지금이 재난이라는 게 무슨 뜻이야?

나는 나오는 대로 내뱉었다. 스스로가 생각해도 말에 순서
고 맥락이고 하나도 없었다. 그런데 이모는 잠시 생각하더니
천천히 입을 열었다.

– 예전에는 코로나 바이러스가 없었잖아. 그때를 기준으
로 생각했을 때, 모두가 마스크를 써야 하고 병에 걸릴까 봐
걱정하는 상황이 재난이라는 것 같은데.

– 근데 나는 대면 시대를 안 겪어 봤잖아.

– 그렇지.

– 난 항상 살면서 이랬는데 나도 재난 속 사람이야, 그럼?

이모는 무어라 대답해야 할지 고민하는 것 같았다. 침묵이
지나고 이모가 대답했다.

– 이제는 이게 그냥 삶이지. 20년은 적은 시간이 아니

니까.

이모의 목소리에 아쉬움보다 더 짙은 무언가가 묻어 있었다. 나는 그걸 모르는 척했다.

— 갑자기 세월호는 왜?

이모가 묻자 나는 대충 얼버무렸다.

— 현대사 수업 듣고 있어서. 그냥.

— 그렇구나. 궁금한 거 있으면 물어봐. 이모도 그때 중학생이었는데 아직도 기억나거든.

— 안 무서웠을까?

— 누가?

— 그 사람들. 학생들.

— 무서웠겠지. 이모도 엄청 무서웠어.

— 나는 왜 지금이 안 무서울까?

이모는 눈을 굴렸다. 대답을 고르고 고르는 것 같았다.

— 생각해 볼 문제네. 지금이 무서운 사람이 있을 거고, 지금은 무섭지 않은 너 같은 사람도 있을 거야. 여전히 대면 시대가 다시 올 거라고 믿는 사람이 있고, 그렇지 않은 사람이 있는 것처럼.

나는 이모의 말을 씹어 삼키기까지 오랜 시간이 걸릴 것을 알았다.

― 생각해 볼게.

― 그래. 답이 나오면 나중에 이모도 알려 줘.

나는 고글을 벗고 침대에 털썩 누웠다.

"월스 가입 안 했어?"

내가 묻자 강모연이 고개를 끄덕였다. 먼저 말을 놓자고
한 것은 강모연이었다.

"난 SNS 안 해."

강모연은 서가에서 잔뜩 뽑아 놓은 책들 중 하나를 펼치더
니 뒤적였다. 그러고는 낡은 노트북에 무언가를 입력했다.
구립 도서관은 한산한 수준이 아니었다. 사람이 단 하나도
없는 을씨년스러운 분위기마저 풍겼다. 변이형이 유행해서
아무도 집 밖에 나오지 않는 상황이었다.

그 와중에 굳이 구립 도서관에서 만나자고 하는 이 사람은
뭘까. 월스로 만나지 못하더라도 화상 통화도 있는데. 난 속
으로 생각하며 나름대로 자료 조사를 했다. 애초에 온라인으
로 필요한 부분을 모두 찾아 놨지만 뭔가를 열심히 뒤적이는
강모연 앞에서 아무것도 안 하기에는 멋쩍어서 뭔가를 하는
척했다. 내 태블릿도 쓴 지 1년이 넘었는데 강모연의 노트북
은 정말로 10년은 된 것 같아 보였다. 현대사를 배울 필요가

없을 것 같았다. 이 생각을 몇 번째 하는지 모르겠다.

"여기 당시 인터뷰가 나와 있어. 이거 인용하면 될 것 같고."

강모연이 마스크를 고쳐 쓰며 말했다. 진한 눈매가 여전히 눈에 띄었다. 질끈 묶은 머리카락은 숱이 많고 약간 구불거렸다.

"당시 오보 사건에 대해서 자세히 나와 있어. 여기."

"저번에 말했던 거 무슨 의미야?"

나는 내뱉어 놓고 스스로 놀라서 자세를 고쳤다. 강모연의 눈썹이 올라갔다. 나는 시선을 피하다 결국 물었다.

"그 '지금이 재난'이라는 말 있잖아. 내가 되물었는데 갑자기 보고서 얘기하고 알바 있다고 가 버렸잖아. 그거 계속 생각해 봤는데 아무리 생각해도 무슨 말인지 모르겠어서. 그냥 난 궁금해서…….."

"아."

강모연은 작게 기억나는 체를 했지만 말을 덧붙이지는 않았다. 대체 왜 저러나 싶을 지경이었다. 싫은 게 있으면 싫다고 얘기를 하면 됐지, 가만히 있는 건 또 뭐고, 말도 안 하고. 나는 답답해서 결국 강모연이 들고 있던 책을 덮어 버렸다.

"뭔데? 솔직히 나 진짜 내가 뭐 잘못했는지 모르겠거든."

강모연은 조용히 하라는 손짓을 하고 책을 몇 권 챙겼다. 무인 대출기에서 대출과 자외선 소독을 마친 그는 자리에 돌아와서 가방을 챙기며 말했다.

"여기 도서관이라서 조용히 해야 해. 나가서 얘기하자."

아무도 없는데. 그러나 강모연이 성큼성큼 문을 나서고 있어서 나도 후다닥 쫓아가야 했다.

강모연은 도서관 뒤편 주차장에 서 있는 자신의 낡은 오토바이를 향해 갔다. 내가 종종걸음으로 따라가자 오토바이 뒤에 달린 통에 내 가방과 함께 짐을 넣었다.

"바이크 타 봤어?"

내가 도리질을 하자 강모연은 헬멧을 꺼내더니 나에게 던졌다. 쓰라는 말에 나는 세정 티슈로 안쪽을 닦았다.

"아, 쫌. 대충 살아. 깔끔 떠네."

강모연이 덜 닦인 헬멧을 내 손에서 낚아채더니 머리 위에 푹 덮어씌웠다. 그리고 바이크 좌석의 뒷부분을 손으로 탁탁 쳤다.

"타. 뭐 좀 먹으러 가자."

바이크가 출발하자 나는 반사적으로 강모연의 허리를 부여잡았다. 바람이 팔다리에 부딪혔다. 잠깐이라도 놓으면 날아갈 것 같았다. 강모연은 아무렇지도 않은 듯이 우회전을 하더니(옆으로 쓰러지는 줄 알았다) 도로를 듬성듬성 메운 차들 사이로 쏜살같이 지나갔다. 내가 앞을 볼 새도 없이 강모연은 계속 좌회전, 우회전을 여러 번 반복하더니 어딘가에 우뚝 섰다. 주위를 둘러보니 그 공원이었다.

"먹으러 간다면서."

나는 세월호 추모관을 보며 헬멧을 벗었다. 손발이 달달 떨리는 것 같았지만 아닌 척 강모연에게 헬멧을 건넸다. 강모연은 바이크를 잘 주차해 놓고 짐을 뒤지더니 살짝 찌그러진 포장용 종이봉투를 꺼냈다.

"샌드위치 먹지?"

나는 얼결에 고개를 끄덕였다.

강모연은 걸음이 빨랐다. 공원을 가로질러 추모관을 지나 구릉을 올라가는 내내 헉헉거리며 쫓아가야 했다. 꼭대기에 다다라서야 강모연이 멈춰 섰다. 활엽수로 그늘이 진 곳에는 오래된 초가지붕의 정자가 있었다.

"이 수업 듣는 사람이랑은 당연히 말이 통할 줄 알았어."

강모연은 자연스럽게 마스크를 벗고 샌드위치를 한입 크게 물었다. 나는 강모연이 앉은 자리에서 조금 떨어진 자리에 조심스럽게 앉아서 마스크를 벗었다. 느낌이 이상했지만 별말 없이 샌드위치 포장을 벗기고 그가 하는 말을 잠자코 들었다.

"솔직히 현대사 듣는 사람이 어디 있어. 그것도 근대 이후부터 코로나 이전까지라고 구체적으로 나와 있는 과목을. 나는 네가 관심이 많을 줄 알았어."

"관심 있어."

"더 많을 줄 알았어. 어느 정도 아는 줄 알았거든."

나름 심화 과목인데. 나는 고개를 갸웃하며 물었다.

"너야말로 별로 배울 것도 없을 것 같은데? 옛날 사람같이 행동하고. 다 알고 있고."

"그러니까 수강했지. 공부할 시간도 없는데 성적 잘 받는 거나 들어야지."

강모연이 남은 샌드위치를 한입에 넣고 우적우적 씹었다. 먹는 속도가 아까 탔던 오토바이보다 빠른 것 같았다.

"알바 때문에 공부할 시간이 없는 거야?"

"응. 배달 알바 해. 맨날 바쁘거든. 요즘 변이형 때문에 아무도 밖에 안 나가서 다 시켜 먹더라."

강모연은 샌드위치 포장 쓰레기를 한데 모으며 말을 이었다.

"돈 모으면 괜찮은 노트북 사려고. 지금은 카메라가 고장 나서 화상 통화가 안 돼."

"부모님께 부탁하면 되잖아."

강모연이 구릉 너머를 바라봤다. 넓은 강이 은빛으로 흐르고 그 너머에는 아파트가 가득한 도심이 항상 그렇듯 엷은 먼지를 머금고 있었다.

"우리 집은 그런 거 없어."

여기서 뭔가를 깨달았어야 했다. 미리 래아한테 물어보기라도 했어야 했다. 강모연이 누구냐고, 어떤 애냐고. 그런데 난 그러지 않았다. 아마 더 상상할 필요도 없이 지루하게 살아왔던 관성 때문이겠지. 남들이 궁금하지 않고, 남들을 볼 이유도 없고, 상상할 필요도 없이 아파트 단지 안의 좁은 생활 반경만큼 축소된 내 세계는 강모연이라는 사람 앞에서 한없이 작고 단단한 덩어리로 웅크리고 있었다. 나는 아무것도 모른다는 순진한 표정으로, 역겹게.

그러나 자책은 이제 소용이 없다. 래아가 말했다.

— 너 강모연 몰라? 어떻게 몰라? 난 또, 저번에 말한 사람이 모르는 앤 줄 알았네. 걔 저쪽 빌라에서 사는데, 엄마는 없고 아빠는 맨날 집 나가잖아. 걔 유명한데 어떻게 몰라?

유명할 건 또 뭐야. 래아니까 알겠지. 래아는 사람을 많이

만나니까. 래아는 사람을 좋아한다. 나는 아니다. 나는 내가
움직이는 공간을 축소하는 것도 모자라 가상 공간도 축소했
다. 공간이라고는, 래아의 월로 갈 수 있는 링크도어 하나 있
는 텅 빈 내 월뿐이지. 프로필에 '17살. 여자.' 대신 '텅 빔.' 이
렇게 쓰는 게 나을 것 같다.

잠을 자기 어려운 밤은 처음이었다. 나는 해가 뜨지 않은
시간이 그렇게 길다는 것을 처음 깨달았다. 별이 없는 하늘
이 푸른색으로 변할 때까지 나는 강모연에게 보낼 문자를 쓰
고 지우고 쓰고 지우는 것을 반복했다. 바보 같은 말만 해서
미안하다고, 기분 상할 만한 태도만 보여서 미안하다는 말은
끝내 보내지 못했다.

― 담리! 백신 언제 맞아?

래아가 물었다. 변이형 백신이 풀려서 가구별로 신청이 가
능했다. 아빠가 신청했을 텐데, 나는 식탁에 앉아 있는 아빠
에게 물었다. 다음 주 수요일이라는 대답이 돌아왔다.

― 수요일.

― 난 목요일인데. 아픈지 안 아픈지 말해 줘!

― 알겠어.

답장을 하고 습관적으로 강모연과의 문자 화면을 눌렀다.

아직도 내가 보낸 사진 자료가 마지막이었다. 뭘 보낼지 몰라서 그대로 둔 지 일주일이었다. 강모연은 보고서를 쓰고 있는 중인지 아무 소식이 없었다.

— 백신 예약 언제야?

나는 전송 버튼 위에서 한참을 망설이다가 눌렀다. 이 정도면 다시 대화를 시작할 만한 괜찮은 주제겠지. 그다음에 너의 상황을 고려하지 않고 말했다고 미안하다고 주제를 돌리면 된다. 그렇게 사과하면 강모연이 받아 줄지도 모른다. 다시 친구가 되면 된다.

갑자기 핸드폰이 울렸다. 나는 자리에서 벌떡 일어서서 전화가 온 화면을 믿기지 않는 눈으로 봤다. 강모연이었다.

"어, 어. 왜?"

"보고서 다 써서. 시간 돼?"

"구립 도서관?"

"응."

강모연은 짧게 대답하자마자 뚝 끊었다. 또 뭔가를 잘못했나? 나는 가시방석에 앉은 사람처럼 안절부절못하며 가방을 챙겼다. 강모연은 대면 시대 사람 같은데 나는 너무 코로나 세대라서 사회성이 부족한 채로 뚝딱거리는 양철 나무꾼처럼 행동하는 게 분명했다. 나는 가방을 한쪽 어깨에 둘러

메고 현관문을 열었다. 엄마가 서재에서 고개를 빼꼼 내밀고 또 나가느냐며 자꾸 나가지 말라고, 백신 안 맞았다고 지적했다. 나는 마스크를 가리키며 얼버무렸다.

"꼭 나가야 해요. 손 소독 잘 할게요."

현관문이 등 뒤에서 닫히고 나는 달음박질로 아파트 후문을 통해 나갔다.

"박담리!"

후문 앞에 서 있는 오토바이에는 강모연이 헬멧을 벗은 채로 앉아 있었다. 나는 당황해서 그 자리에서 우뚝 섰다.

"어떻게 알고 왔어?"

"너 단지 출입 카드 들고 다니잖아."

나는 키링에 달린 출입 카드를 떠올리고는 얼굴이 새빨개졌다. 강모연이 저번처럼 자기 뒤를 탁탁 치면서 앉으라는 손짓을 했다. 토마토 뺨치는 얼굴 색깔을 마스크와 헬멧이 가려 주기를 바라면서 나는 강모연의 뒤에 탔다.

"출발한다."

강모연이 시동을 걸자, 가로수가 잔상을 남기면서 하나씩 뒤로 사라졌다. 뜨거운 자동차의 열기 사이를 가르면서 강모연은 익숙하게 차를 **추월**하고 방향을 꺾었다. 나는 헬멧 안에서 스쳐 지나가는 건물들을 보면서 강모연이 가는 곳이 구립 도서관이 아니라는 것을 깨달았다. 공원 앞에 다다라서야 강모연은 멈춰 섰다. 아무 말 없이 내린 그는 오솔길을 따라 들어갔다. 저번에 올라간 구릉으로 가는 길이었다. 나는 큰 잘못을 한 아이처럼 강모연을 따라갔다.

그는 정자에 앉아서 항상 그랬던 것처럼 마스크를 벗었다. 마스크는 대충 주머니에 쑤셔 넣어졌다. 아무리 사람이 없기로서니 이렇게 막 벗어도 되느냐고 물으려다 내 입과 코를 막고 있는 마스크를 의식하고는 침묵을 지켰다.

"벗어도 안 걸려. 걸리는 건 운이야."

강모연이 툭 뱉자 나는 화들짝 놀라면서 마스크를 벗었다. 시원한 공기가 입술 위를 스쳐 지나갔다. 나무의 냄새가 났다. 나무의 냄새……. 나무에도 냄새가 있다는 것을 처음 알았다. 새로 산 나무 협탁에서 나는 냄새와는 전혀 다른 향기.

"걱정되면 써도 돼. 난 그동안 배달하면서 많이 돌아다녔는데도 안 걸렸거든. 난 그냥 시원한 게 좋아서 이러는 거야."

강모연이 활짝 웃으며 말했다. 그 애의 살짝 비뚤어진 이를 처음 보는 순간이었다. 나는 충격적인 영상을 본 사람처럼 강모연의 앞니에서 눈을 떼지 못했다. 내가 래아의 앞니를 본 적이 있던가? 혀로 입속의 앞니를 두드렸다. 모두가 가

지고 있는데 본 적은 없는 이상함이 마치 보면 안 될 부위를

홈쳐본 것 같은 느낌마저 들게 했다.

강모연은 신발도 벗고 정자에 앉아 무릎을 끌어안았다. 강과 강 너머의 도시가 죽은 듯이 고요했다. 시간이 멈춘 것 같았다.

"우리 친구 맞지?"

강모연의 말이 고요를 송곳처럼 파고들었다. 친구라는 말이 왜 그렇게 새삼스럽게 들리는지 몰랐다. 친구, 이모가 말하는 그 팥빙수 같이 퍼먹는 사람들, 그런 거?

"친구니까 말하는 거야. 사실 말할까 말까 많이 고민했는데, 아무래도 말하는 게 마음이 편할 것 같아서. 난 엄마 없어. 아빠도 집에 잘 안 와. 어디 갔는지는 나도 몰라. 뭐, 알아서 살겠지만."

나는 정자 밖에 서 있고 강모연은 안에 앉아 있었다.

"근데 백신은 가구별 신청이잖아. 우린 미성년자니까. 아빠가 신청을 했는지 안 했는지 모르겠어. 난 백신 예약이 언제인지 몰라."

강모연은 뭔가를 털어내듯 고개를 까딱이더니 한 박자 뒤에 덧붙였다.

"그냥, 백신 예약 물어보길래."

지금이 재난이야. 산들바람이 흔드는 활엽수 잎의 소리와 멀리서 일렁이는 수면이 아이러니했다. 나는 문득 강모연의 마스크가 내 것보다 훨씬 더 구겨져 있다는 것을 깨달았다. 주머니에 쑤셔 넣어서가 아니라, 며칠을 썼기 때문이다.

"세월호 추모관을 자주 가. 이상하게 거기를 가면 마음이 편해져. 내가 하도 자주 가서 사람들이 가까운 사람이 피해자냐고 물어보는데, 아냐. 아는 사람 전혀 없어. 그런데 꼭 피로 이어진 사람에게만 위로를 건네줘야 해? 꼭 인생에서 뗄 수 없는 소중한 사람에게만 편지를 써야 해? 어쩌면 그런 걸지도 모르지, 돌아오지 않을 거 알면서 자식을 기다리는 부모들을 자꾸 보고 싶은 거야. 있는 걸 알면서도 오지 않는 부모보다는. 그런 심리일지도 모르지."

봇물 터지듯 음성이 쏟아져 나온다. 나는 강모연의 움직이는 입술에 홀린 듯이 시선을 고정했다. 말은 사람 입에서 나오는 것이었지, 이 당연한 사실을 이제 깨달았다. 나무에게도 냄새가 있다는 것을 방금 알았던 것처럼.

"아무도 도와주지 않아서 혼자 살아야 했어. 알바를 해서 생활비를 벌어야 하니까 수업은 들을 시간도 없고. 그래서 내가 잘 아는 과목만 들어. 빨리빨리 이수하고 졸업 인증만 받으려고. 물론 보조금은 나오지만 그건 아빠가 가지고 있고, 아빠는 나에게 돈을 주지 않아. 운이 나쁜 거지. 그치만 어쩔 수 없잖아? 살아야 하잖아. 예전처럼 급식을 주는 학교가 있는 것도 아니고."

강모연의 마지막 문장에서 나는 입술 안쪽을 깨물었다. 말이 통할 줄 알았어. 이모의 어릴 적처럼 모두가 학교를 매일 가고 거기서 밥을 같이 먹고 같이 공부하고 선생님을 만나고 친구를 만나던 시대가 필요한 사람이 있다. 코로나 바이러스가 퍼지고 학교를 없애자고 한 사람은 누구였을까. 그는 강모연 같은 사람이 있다는 것을 알았을까, 몰랐을까? 보조금을, 백신을 가구별로 주고 신청하라고 한 사람은 누구일까. 그 사람은 나같이 아무것도 모르는 사람이었던 걸까?

나는 목석같이 자리에 가만히 서 있었다. 강모연은 나를 등지고 강을 바라봤다. 고요한 가운데 귀를 툭툭 치는 소리가 있었다. 물소리였다. 강둑에 물이 부딪히는 소리. 구릉 아래에서 올라오는 아주 작은 소리였지만 고막은 그에 맞춰 바르르 진동했다.

이렇게 작은 소리도 들을 수 있는 귀를 정말 아무도 갖지 않았던 걸까?

나는 우선 보건소에 전화했다. 상담 요청이 많아서 한참을 기다렸는데도 연결이 되지 않았다. 그래서 백신 접종이 가능하다는 집 주변 병원을 몇 군데 찾았다. 첫 번째 병원에 전화했다. 백신을 예약하려고 한다는 말에 어른을 데리고 오라는 말이 돌아왔다. 두 번째 병원에서는 강모연과 내가 가족 구성원임을 증명할 서류가 필수로 지참되어야 한다고 했다. 세 번째 병원에서는 사연을 들어 줬지만 대리 신청이 불가능하다며 죄송하다는 말만 반복했다. 나는 보건소에 다시 전화했다. 한참을 기다려 드디어 연결된 전화 스피커 너머에서는 그러나 난감한 목소리가 흘러나왔다.

　ー 일단 친구분 대신 신청하고 싶으시다는 거죠? 미성년자고⋯⋯. 아버지가 연락이 안 돼서 백신 예약 날짜를 알 수가 없다고요⋯⋯. 우선 대리 신청은 안 되시고요, 친구분이 백신 예약이 되었는지 확인이 들어가야 하고요, 그러려면 본인 인증 절차가 필요하거든요. 네 네. 예약이 안 되어 있는 거면 어떡하느냐고요? 그⋯⋯ 우선 절차상 개인별로 신청은 안 되시고요. 네. 직접 오셔도 아마 대기 오래 하셔야 할 거예요. 추가 예약으로 들어가게 돼서⋯⋯. 네? 아, 알바 때문에 감염 위험이 높으시다고요⋯⋯. 네 네. 우선 이해는 하는데⋯⋯.

　나는 상담사를 더 괴롭히고 싶지 않았다. 감사하다고 말하고 전화를 끊었다.

− 너 걔 좋아해?

− 갑자기 무슨 소리야.

− 걔가 뭔데 넌 그렇게 열심이야?

나는 래아의 물음에 완전히 할 말을 잃었다. 그냥, 그냥 친구인데 친구가 곤경에 처하면 도와주는 것이 관계의 핵심 아닌가? 래아는 전혀 이해가 가지 않는다는 투로 계속 물었다.

− 너 걔랑 뭐 있어? 뭐야?

− 아니, 난 그냥 백신 예약할 수 있나 찾아봤는데 방법이 없어서 너무 안타깝다는 거지.

− 그니까. 누가 그렇게까지 하냐? 잘 모르는 애한테.

우리 친구인데. 나는 정정하려다 말고 말을 고쳤다.

− 꼭 좋아해야만 해? 누군가를 도와주는 이유가 좋아해서 여야만 해?

− 아니, 그런 말이 아니라−.

− 난 잘 모르겠어. 난 그냥 그동안 내가 아무 도움이 못 된 것 같아서 도와주려는 거고. 그냥 그런 거야.

− 그니까, 누가 그냥 그러느냐는 거지!

래아는 깔깔 웃었다. 아무래도 내가 강모연을 좋아한다고 단단히 믿고 있는 모양이었다. 그게 사랑이 아니면 뭐냐? 래아의 웃음소리 사이로 그 애의 농담이 흘러들어 왔지만 나에게는 농담이 아니었다. 사랑이 아니면, 글쎄, 연민이어야 하나?

나는 이모에게 지금이 재난이라는 말의 의미를 알게 된 것 같다고 말했다. 이모는 고개를 끄덕이며 동의했다.

– 맞아, 그 애 말이 맞네. 사실 20년 내내 재난인 사람은 항상 있었겠지. 관심을 가지지 않으면 쉽게 잊히는 사람들.

이모는 나중에 모연이랑 이모 집에 놀러 오라고 말해 줬다. 모연이의 백신 신청은 모연이의 아빠가 완료한 것으로 확인되었다. 모연이가 직접 보건소에서 확인했다. 아무 도움도 되지 못한 것 같아서 속상해하는 나에게 모연이는 괜찮다고 해 줬다. 앞니가 다 보이도록 활짝 웃어 보이기도 했다.

"이렇게까지 해 준 사람이 없어서 그런지 진짜 고맙다."

모연이가 헤실헤실 웃으면서 완성된 탐방 보고서 파일을 보내 줬다. 나도 세월호 추모관에서 찍은 모연이의 사진을 보내 줬다. 자기가 이렇게 생겼는지 몰랐다면서 옷을 좀 새로 사야겠다고 했다. 나중에 같이 옷을 사자고 해 줬다. 나는 재밌을 것 같다는 생각을 했다.

오랜만에 월스에 접속했다. 내 텅 빈 월에는 여전히 래아의 맨홀 구멍이 홀로 뚫려 있다. 나는 가만히 생각하다가 정자에서 모연이와 찍은 사진을 몇 장 올렸다. 넓은 녹색 나뭇잎과 아직 익지 않은 초록색 도토리를 모아 놓은 사진이다. 프로필에는 여전히 '17살. 여자.'가 쓰여 있다. 나는 프로필을 지우고 다시 쓴다.

다른 것보다도 케이크를 먹고 싶은 사람. 언젠가는 한 판을 다 같이 나눠 먹고 싶어요.

그럴 수 있는 날이 오게 된다면, 카페에서 다 같이 둘러앉아 퍼먹는 것도 좋겠다.

작가의 말

소설을 마무리 짓는 이 순간에도 KF94 마스크를 쓰고 있습니다.

초기에 아이디어를 떠올릴 때 고민을 많이 했습니다. 슈퍼 바이러스로 인해 세상이 멸망하고, 중앙 정부가 사람들을 통제하고, 새로운 행성을 찾아 떠나고, 치료 약을 찾아 모험하는 이야기도 생각해 보았지만, 그보다는 조금 더 가까운 이야기를 쓰고 싶었습니다. 그래서 나온 소설입니다.

사실 미래를 그리는 것이 많이 무서웠다는 말을 하고 싶습니다. 그런데 쓰고 보니 미래가 아니게 되었습니다. 그래서 현재를 그렸다는 생각으로 스스로를 위로하고 있습니다. 그런데 또 쓰는 사이에 현재도 바뀌어서(코로나가 장기화될 줄 몰랐고, 메타버스가 인기를 끌 줄도 몰랐습니다.) 그냥 제가 미래를 주고 싶었던 것들 중에 골라 썼습니다. 추모와 만남, 연대와 케이크 정도가 될 것 같습니다. 참고로 저도 케이크를 좋아하는데, 좀 다른 쪽입니다.

여태 떠올랐던 여러 의문에 답을 얻은 적이 별로 없어서 그런지 답리도 답이 없습니다. 답이 있는 사람은 같이 나누어 주시면 좋겠습니다. 이메일은 iiullwkrrk@gmail.com입니다.

나중에 누가 이 소설을 읽고 미래에도 계속 마스크 쓸 줄 알았느냐며 비웃어 주었으면 좋겠습니다.

05

살아남은 아이들

남유하

〈미래의 여자〉로 제5회 과학 소재 장르 문학 단편 소설 공모 우수상을, 〈푸른 머리카락〉으로 제5회 한낙원과학소설상을 받았으며, 지은 책으로는 소설집 《다이웰 주식회사》와 창작 동화집 《나무가 된 아이》가 있다. 《다이웰 주식회사》에 수록된 단편 〈국립존엄보장센터〉는 2019년 미국 SF 잡지 《클락스월드》 10월호에 번역, 소개되었다.

우리는 학교에 다니지 않는다. 학교에 산다. 학교는 돔으로 둘러싸인 커다란 무균실이다. 우리는 그 안에서 먹고, 자고, 공부한다. 교사는 없다. 아이들과 잡일을 도맡아 하는 로봇들뿐이다. 수업은 홀로그램 영상으로 전송된다. 어른들은 우리를 위험에 빠트릴 수 있으니까.

5년 전, 에키노 바이러스가 창궐했을 때 나는 열 살, 초등학교 3학년이었다. 학교에서 아이들이 사라지기 시작했다. 바이러스에 감염된 것이다. 처음에는 반에서 한두 명이 결석했다. 그러다 절반이 넘는 아이들이 학교에 나오지 못했다. 며칠 뒤 빈자리에 국화꽃이 올려졌다. 국화꽃이 올려진 자리는 하루하루 늘어났고, 그 자리의 주인은 다시 볼 수 없었다. 교실은 국화꽃 향기로 숨이 막혔다. 나는 지금도 국화꽃 향기를 떠올리면 숨이 막힌다.

"무슨 생각 해?"

어두운 방, 건너편 침대에서 미로의 목소리가 들려온다. 미로는 내게 말을 시킬 때 언제나 무슨 생각해라고 묻는다. 내 대답도 항상 똑같다.

"그냥."

"맨날 그냥이라지."

"넌? 무슨 생각 하는데?"

사실 미로는 내가 이렇게 물어봐 주길 바란 것이다. 미로는 기다렸다는 듯 소곤소곤 이야기를 시작한다. 오늘 후식으로 나온 망고 푸딩이 너무 맛있었다는 둥, 바닐라 푸딩 말고 매일 망고 푸딩만 나왔으면 좋겠다는 둥, 미생물학 선생님의 귀걸이 모양이 꼭 에키노 바이러스 같지 않냐는 둥, 선생님이 그걸 모를 리는 없고 알면서도 했다면 정말 이상하지 않느냐는 둥, 대부분 시시한 이야기들이다. 하지만 나는 자기 전에 듣는 미로의 이야기가 좋다. 좋은 정도가 아니다. 중독되었다. 미로의 이야기보다 목소리 자체가 더 좋다는 사실은 나만의 비밀이다.

돔 형태의 학교 안에는 세 개의 건물이 디귿자 모양으로 늘어서 있다. 가운데 건물에는 교실과 도서관, 과학실 등이, 오른쪽 건물에는 식당과 매점, 보건실 등 편의 시설이, 그리고 왼쪽 건물에는 우리가 잠자는 이곳, 기숙사가 있다. 기숙사에서 아이들은 두 명씩 같은 방을 쓴다. 기숙사에는 학생 수의 두 배나 되는 방이 있어서, 혼자서 방 하나를 쓸 수 있다. 그런데도 굳이 두 명씩 짝을 지어 주는 것은, 부모님과 사회로부터 동떨어져 있는 우리가 고립된 기분을 느끼지 않도록 하기 위한 학교의 조치 중 하나다. 학교에서 잘한 일을 하나만 꼽으라면 나는 망설이지 않고 룸메이트 제도를 택할 것이다. 아니, 미로와 룸메이트가 된 건 내가 운이 좋았기 때문이다. 룸메이트라고 모두가 친한 건 아니니까. 우리는 하얀 교복을 입는다. 하지만 미로는 언제나 자기만의 색채를 가지고 있다. 오늘 밤 미로는 포근한 밤하늘 같은 보라색을 띠고 있다. 내 주변에서 실제라고 느껴지는 것은 미로뿐이다.

나는 실제의 것들을 잊거나 잃고 싶지 않다. 날이 갈수록 기억이 희미해져 가는 것이 무섭다. 어느 날 자고 깨면 과거의 기억들이 전부 사라졌을까 봐. 미로가 내게 '무슨 생각해?'라고 한 번 더 물어본다면 나도 내 생각들을 술술 말할 수 있을지도 모른다.

나는 자기 전, 내 기억의 조각들에 대해 생각한다. 햇빛이 거실 깊숙이 들어오던 일요일 오후, 서랍장 밑으로 굴러 들어간 작은 블록 조각. 내가 꺼내 줄게. 큰소리치며 옷걸이를 가져온 아빠. 엎드린 채 옷걸이를 휘저을 때마다 씰룩이던 아빠의 엉덩이. 그런 아빠를 보며 웃던 엄마. 빛줄기 속에 떠다니던 먼지들. 베란다에서 초록 잎을 반짝이던 식물들. 열린 창 틈새로 들어오던 부드러운 바람.

할 수만 있다면 그 기억들을 뇌 주름 사이에서 끄집어내어 노란 종이로 싼 다음 노끈으로 묶어 책상 서랍 속에 보관하고 싶다. 변질되지 않고 오래오래 신선한 기억으로 남아 있도록.

"잘 자."

미로가 졸음이 묻은 목소리로 말한다. 미로는 무슨 꿈을 꿀까? 나는 미로가 학교 밖의 세상에서 망고 푸딩을 먹는 꿈을 꾸길 바란다. 나처럼 꿈속에서조차 이 지긋지긋한 무균실 속에 있지 않기를.

나는 눈을 감는다. 미로의 숨소리가 일정해진다. 미로를 처음 만난 날, 학교에 처음 온 날 밤의 기억이 머릿속으로 파고든다.

*

내가 학교에 온 건 3년 전이다. 그때는 이미 전 세계 아이 중 75퍼센트가 사망한 시점이었다. 에키노 바이러스는 아이들에게 치명적이었다. 어른들이 걸리면 장염이 동반된 가벼운 감기 정도였지만 어린이들에게는 심한 기침과 호흡 곤란, 장 파열을 일으켰다. 특히 10세 미만 아이들의 치사율은 90퍼센트에 이르렀다. 열 명 중 아홉 명이 죽었다는 얘기다. 발병 원인에 대해서는 의견이 분분했는데 공기 중으로 감염되는 것만은 확실했다. 세계의 과학자와 의학계 종사자가 백신과 치료제 개발에 매달렸으나 결과물은 빨리 얻을 수 없었다. 바이러스 창궐 1년 만에 만들어진 백신도 변종 바이러스에는 효과가 없었다. 바이러스는 사라지지 않았다. 사라지기는커녕 백신을 조롱하듯 온갖 변이를 만들어 냈다. 백신을 한 번 맞는다고 면역력이 지속되는 것도 아니었다. 매년 성인이 될 때까지(임상 시험으로는 25세까지로 추정하고 있다.)아이들은 백신을 맞아야 했다. 사람들은 백신을 신뢰하지 않았다. 변이에 듣지 않기 때문만은 아니었다. 브라질에서 백신을 접종한 아이가 12시간 만에 사망한 것을 시작으로, 세계 각지에서 사망 사고가 급증했기 때문이다. 부작용으로 자가 면역 질환이나 신경 손상을 겪는 일도 잦았다. 이 때문에 일부 사람들은 바이러스보다 백신을 더 두려워하기도 했다. 다양한 변이 탓일까. 치료제는 여전히 개발되지 않았다.

거리에서 아이들의 소리가 사라졌다. 웃음소리, 높은음의 함성도. 그렇다고 아이들이 모두 사라진 건 아니었다. 25퍼센트의 살아남은 아이들이 있었다. 그 아이들은 학교에도 가지 못하고 집 안에서, 소독약 냄새 속에서 살았다. 아이들보다 더 지친 건 부모였다. 무엇보다도 자신이 모르는 사이 감염되어 아이에게 전염시키는 일을 가장 두려워했다. 실제로 그런 일이 드물지 않았다. 어른들은 밖에 나갔다 올 때마다 소독약으로 목욕을 하고, 매일 밤 자가 진단 키트로 콧속을 깊이 후벼 내고도 안심하지 못하고 잠들었다.

정부에서는 고심 끝에 살아남은 아이들을 위해 거대한 무균실을 만들기로 했다. 완벽한 치료제를 만들 때까지 아이들을 보호하자는 취지였다. 전국 각지에 '학교'를 만드는 데 많은 국가 예산이 투입되었다. 그게 3년 전의 일이다. 운 좋게 바이러스에 걸리지 않은 아이들, 나 같은 아이들이 학교에 입학했다. 우리는 '살아남은 아이들'이라고 불렸다.

*

"일어나, 플라시티에 가자."

미로가 나를 깨우는 소리가 들린다. 눈을 떠 보니 무균 상태의 벽이 연회색으로 반짝인다. 연한 회색은 오전 7시에서 9시 사이의 색이다. 오늘은 토요일인데 이렇게 서두르는 이유를 알 수 없다.

"응? 무슨 일 있어?"

"오늘 콘서트 열리는 날이거든."

"콘서트? 누구?"

"누구긴 누구겠어. 싸이룽 짜이지."

싸이룽 짜이는 세계적인 인기를 끄는 태국 출신 아이돌 그룹이다. 나는 싸이룽 짜이에 관심이 전혀 없다.

"지금 몇 신데?"

"7시 반."

"콘서트는 몇 신데?"

"오후 5시."

"근데 지금부터 가자고?"

"그럼. 전 세계 아이들이 다 모여서 줄을 설 텐데, 들어갈 수 있는 인원은 고작 8만 명이야. 경쟁이 치열하다고."

가상 현실에서 열리는 콘서트에 인원 제한이라니 피식, 코
웃음이 나온다. '최대한 현실에 가깝게'가 플라시티의 슬로
건이라지만 이럴 때는 좀 번거롭다.

"난 안 갈래."

나는 퉁명스럽게 말한다. 미로와 시간을 보내는 건 좋지
만, 나는 플라시티 안에서보다 우리의 방에서, 매점 앞 벤치
에서, 그리고 수영장에서 보내는 시간이 훨씬 좋다. 미로는
다르다. 대부분의 아이들처럼 플라시티를 더 좋아한다. 무채
색의 학교보다 세상의 색들을 무작위로 끌어다 쓴 것 같은 가
상 현실에 끌리는 것이다. 미로는 플라시티에서 군것질하는
걸 좋아한다. 한번은 솜사탕을 열다섯 개나 먹은 적도 있다.
어차피 배가 부르지 않으니까 백 개도 먹을 수 있다는 걸 간
신히 말렸다. 미로는 놀이공원에서 롤러코스터를 타는 것도
좋아한다. "가장 높은 곳에서 내려오는 짜릿함이, 바람이 머
리카락을 가르고 얼굴을 때리는 느낌이 좋아."라고 내게 말
한 적이 있다. 나는 네가 아랫입술을 내밀고 입으로 살짝 바
람을 불 때 부드럽게 올라가는 네 앞머리가 좋은데.

"같이 가자, 응?"

미로가 손을 잡고 흔드는 바람에 마지못해 몸을 일으킨다.

가끔은 나도 미로의 어리광을 받아 주기 싫을 때가 있는데 오늘이 그런 날이다.

"같이 갈 거지? 응?"

미로가 내 고글이 들어 있는 서랍을 연다. 한 손에는 이미 자기 고글을 들고 있다.

"난 안 간다고."

"왜? 왜 안 가는데?"

"난 싸이룽 짜이에 관심 없어. 관심 있다고 해도 안 가. 그래 봐야 가짜잖아."

"뭐? 너 뭐라고 했어?"

"가짜라고."

미로의 눈이 빨갛게 물들더니 금세 눈물이 고인다. 내가 생각해도 가짜라고 한 건 너무했다.

"미안, 진심이 아니었어."

미로는 내 사과를 받아 주지 않고 밖으로 나간다. 나는 다시 눈을 감는다. 물론 잠은 오지 않는다. 후우, 한숨을 쉬고 일어난다. 그리고 서랍에서 고글을 꺼내 쓴다. 가상 세계에는 좋은 점도 있다. 세수를 하거나 머리를 빗지 않아도 플라시티 안에서의 내 모습은 언제나 깔끔하고 단정하니까.

플라시티에 접속했습니다.

친숙한 안내음이 들린다. 현실 세계의 나는 잠옷을 입은
채 침대에 걸터앉아 있지만, 가상 세계 안의 나는 줄무늬 티
셔츠와 청바지를 입고 있다. 학교에 들어오기 전에 내가 가
장 좋아했던 옷이다. 쇼핑몰과 놀이공원을 지나쳐 공연장 쪽
으로 이동한다. 플라시티는 최대한 현실에 가깝게 구현하기
위해 순간 이동 기능을 없앴다.

부지런히 발걸음을 옮겼지만 공연장 근처에는 갈 수 없다.
호수 공원, 종합운동장, 시청 앞 광장까지 아이들로 가득 차
있다. 두 편으로 나뉘어 '싸오룽'과 '짜이'를 번갈아 외치는
아이들, 멤버들의 이름이 새겨진 티셔츠를 입은 아이들, 벌써
레이저 봉을 휘두르는 아이들……. 미로는 접속할 때마다 새
로운 코스튬을 입는다. 이런 방법으로는 미로가 어디 있는지
찾을 수 없다. 플라시티에서 나와 현실 세계의 미로를 찾아
볼까? 그편이 훨씬 빠르겠지만 이내 포기한다. 공연장에 들
어가기 위해 줄을 서 있을 미로를 방해하고 싶지 않다.

나는 포기하고 서점에 간다. 아주 오랫동안 천천히 읽을
수 있는 책으로 고른다. 도스토옙스키의 《카라마조프가의
형제들》이 좋겠어. 몇 번 시도하려다 실패한 적이 있으니까.

책을 사서 근처 벤치에 앉는다. 작가의 말을 건너뛰고 1장을 펼친다. 첫 문장부터 긴 러시아식 이름이 나온다. 그래, 등장 인물 이름도 이 책을 읽기 어렵게 만드는 원인이었지.

49페이지를 읽고 있다. 배가 고프다. 고글 오른편에 있는 일시 정지 버튼을 누른다. 고글을 벗고 책상 위에 있던 초코 바를 먹는다. 다시 접속한다.

2장이 끝나 갈 때쯤 콘서트 입장이 시작된다. 미처 들어가 지 못한 아이들이 사라진다. 화면 속의 노이즈처럼 지직대다 지워지는 모습은 언제 봐도 기괴하다. 현실과 최대한 비슷하 게 만든다지만 무턱대고 고글을 벗어 버리는 데야 개발자들 도 어쩔 수 없는 듯하다. 미로는 잘 들어갔을까? 못 들어갔다 면 방으로 돌아와 화를 낼 것이다. 나는 플라시티를 빠져나 온다.

미로가 오지 않는다. 콘서트 입장에 성공했나 보다. 다행 이다.

밤 9시가 넘어서 미로가 방으로 돌아왔다. 벽은 은은한 먹 빛을 발산하고 있다.

"잘 보고 왔어? 아침엔 미안."

미로는 대답이 없다.

"아직도 화났어?"

"아니, 우리 수영장 가자."

미로가 나를 똑바로 보며 말한다. 수영장에 가자는 건, 뭔가 중요한 이야기를 하자는 뜻이다. 수영장에서 우리는 입 모양으로만 얘기를 나눈다. 기숙사에 도청 장치가 있다는 건 공공연한 비밀이니까.

"지금?"

"지금."

미로의 손이 내 손목을 잡는다. 나는 힘보다 강한 의지에 끌려 일어난다.

"잠깐, 수영복."

"필요 없어."

우리는 복도를 빠른 걸음으로 가로지른다. 아무도 없는 복도에 우리 둘의 발소리만 울린다.

"싸이룽 짜이, 네 말대로 너무 가짜 같더라."

발소리 사이로 미로의 목소리가 섞인다. 수영장에 가까워질수록 소독약 냄새가 점점 짙어진다.

"내 얘기 신경 쓰지 마."

"아니, 네 말이 맞아."

수영장에 도착한 우리는 사물함에서 물안경만 꺼내 쓰고

물로 뛰어든다. 내 잠옷과 미로의 원피스가 풀 안에서 한껏
부푼다. 한두 번 해 본 일도 아닌데 미로는 언제나 자기 입술
을 잘 보라는 듯 손가락으로 가리킨다.

'우리 나가자.'

'뭐?'

'밖으로 나가자고.'

어푸, 놀란 나는 물 위로 올라와 숨을 크게 들이마신다. 미
로도 물 밖으로 머리를 내민다. 그리고 못다 한 이야기를 눈
으로 전한다. '여기에서 나가고 싶어.' 나는 고개를 끄덕인다.
우리는 수영장 타일 때문에 파랗게 보이는 투명한 물속으로
다시 들어간다.

'탈출하자고?'

'응.'

미로가 손으로 오케이 표시를 한다.

'어떻게?'

'내게 방법이 있어.'

우리는 물속에서 오래 이야기한다. 밖으로 나가 현실 세계
의 싸이룽 짜이라도 만날 생각이냐는 물음에 미로는 웃으며
고개를 젓는다.

'나 바보 아니야.'

미로의 분홍색 입술 사이로 물방울이 방울방울 나온다. 미로는 오래전부터 '하교'하고 싶었다고 한다. 그래서 밖으로 나갈 방법을 생각해 냈다고. 거창한 이유는 없다. 그저 집에 가고 싶고, 엄마 아빠를 만나고 싶고, 할 수 있다면 진짜 솜사탕을 먹고 싶다고.

'혹시 바이러스에 걸리면 어쩌지?'

나는 용기 없음을 신중함인 척 가장하고 묻는다.

'우리 백신 맞았잖아.'

변종, 이야기를 하려다가 입을 닫는다. 더 이상 미로의 기를 꺾고 싶지 않다. 아니, 나도 밖으로 나가고 싶은 마음은 있었다. 미로와 다른 점이 있다면 미로는 구체적으로, 나는 막연히 생각했다는 것이다.

'걱정하지 마. 우린 살아남은 아이잖아. 운 좋은 아이들. 난 아직 열다섯이니까 운이 많이 남아 있을 거야.'

여기까지 단숨에 말한 미로는 돌고래처럼 매끈하게 풀 밖으로 솟아오른다.

*

우리는 수업 시간과 밥 먹는 시간을 빼고는 수영장으로 간다. 수영장에서 계획을 점검한다. 미로가 미리 조사한 것들을 확인하는 정도지만 학교를 벗어난다는 생각만으로도 신이 난다. 미로와 나는, 생수 차를 타고 밖으로 나갈 것이다.

교문은 생수 보급 차량이 들어올 때, 식당에 식재료가, 매점에 물품이 공급될 때 열린다. 다른 물품이 들어올 때는 로봇들이 관여하는데 생수를 들이는 일은 전자동으로 이뤄진다. 경비 로봇의 눈길을 피할 수 있다는 의미다. 감시 카메라가 있긴 하지만 학교에서 '교무실'까지는 거리가 있을 테니 일단 밖으로 나갈 수는 있다.

우리도 알고 있었다. 지나치게 허술하고 낙관적인 계획이라는 걸. 그래도 아무것도 하지 않는 것보다는 나았다. 우리는 단지 학교 밖으로 나가고 싶었는지도 모른다.

생수 보급 차량은 매주 목요일 아침에 온다. 내일은 목요일이다. 잠이 오지 않는다. 미로는 이따금 숨을 크게 내쉴 뿐 아무 말도 하지 않는다. 나도 입을 꾹 다물고 있다. 우리의 심장이 같은 속도로 뛰는 소리가 들린다.

생수 창고는 오른쪽 건물, 매점 뒤편에 있다. 미로와 나는 어렵지 않게 창고 안으로 숨어든다. 학교의 보안은 의외로 허술하다. 살아남은 아이들은 겁에 질린 아이들이라는 걸,

교사들은 잘 알고 있다. 적당한 규율과 보안 장치만 있으면 학교는 잘 운영된다. 누구도 목숨을 걸고 학교 밖으로 나가려 하지 않을 테니까.

창고 문이 열리고 생수 차가 들어온다. 우리는 감시 카메라의 사각지대에서 창고로 옮겨지는 생수 상자들을 지켜본다. 차량과 연결된 컨베이어 시스템에 따라 차례차례 창고에 쌓이는 모습이 학교의 아이들 모습과 겹쳐진다.

"지금이야."

생수 상자가 80퍼센트 정도 내려졌을 때 미로의 손을 잡고 차 안으로 뛰어든다. 미로의 어깨에 부딪힌 생수 상자가 바닥으로 떨어진다. 겁에 질린 우리는 양손으로 입을 틀어막는다. 나를 보는 미로의 눈빛에 절망이 스며든다. 두근두근, 심장이 온몸에서 뛰는 기분이다. 비스듬히 기울어진 상자를 기계손이 바로 잡아 컨베이어 위에 올린다. 작업은 계속된다. 한숨이 나오려는 걸 간신히 참는다. 나는 다시 미로의 손을 잡는다. 막상 차에 타고 나니 나보다 미로가 더 긴장한 것 같다. 마침내 뒷문이 닫히고 차가 출발한다. 우리는 손을 꽉 쥐는 것으로 함성을 대신한다.

"도대체 언제부터 계획한 거야?"

생수 차가 교문을 무사히 빠져나가는 걸 앞 유리를 통해 확인한 다음, 긴장이 풀린 나는 미로에게 묻는다.

"등교한 날부터."

지난 3년 동안 그런 생각을 혼자서만 품고 있었다니, 조금 서운하다. 내가 알고 있는 미로는 동갑내기 룸메이트에게 어리광을 부리는 아이였는데. 미로를 안다고 생각한 건 내 착각이 아닐까? 내가 아는 미로는 내가 만든 가상 현실 속의 미로였는지도 모른다.

"왜 나한테 말 안 했어?"

"너는 학교생활에 만족하는 거 같았어."

음, 나는 다음 말을 고른다. 내가 만족하는 것처럼 보였다면 그건 학교 때문이 아니라 너 때문이야. 너무 오글거리는 것 같아 차마 말하지 못한다.

"생수 차는 어디로 갈까?"

미로는 여전히 긴장한 얼굴로 묻는다. 계획을 세우면서 서로 여러 번 해 왔던 질문이다. 답을 알 수 없는 질문. 그러나 지금은 아무 말이나 해야 한다.

"글쎄, 생수 공장?"

"그보다 대리점이 아닐까?"

"그럴 수도 있겠네."

"대리점이 제주도에 있으면 어쩌지?"

"비행기 타면 되지."

"우리를 태워 줄까? 바깥에는 아이들이 없을 텐데."

"그럼 어른인 척하면 되지."

나는 홀로그램 화면에서 본 교사처럼 턱을 약간 치켜들고 눈을 내리깐다. 미로가 소리 죽여 웃는다. 차는 가끔 멈춘다. 그리고 잠시 뒤 다시 출발한다. 단순히 신호에 걸린 거겠지만 미로는 차가 멈출 때마다 긴장한다. 차가 출발하면 우리는 시시한 이야기를 하며 키득거린다. 한참을 달리던 차가 또 멈춘다. 밖에서 웅성거리는 소리가 들린다. 차가 급브레이크를 밟는 듯한 소리도 들린다. 앞 유리를 내다볼 용기가 나지 않는다.

"이번에도 신호에 걸린 거야."

나는 떨고 있는 미로를 안심시키기 위해 속삭여 본다. 그런 내 말을 비웃듯 뒷문이 열린다. 문 앞에는 화면으로만 봤던 교사들이 서 있고, 한가운데에는 몹시 화난 표정의 교장이 있다. 그들의 손에는 스프레이가 들려 있다. 학교에 오기 전에 많이 봤던 소독용 스프레이다. 치이익, 교사들이 우리를 향해 스프레이를 뿌린다. 화물칸이 뿌연 연기로 가득 찬다. 미로가 기침을 한다.

"안 돼요. 그러지 마세요!"

매캐한 소독약 냄새에 눈을 감고 소리친다.

"얘들, 구급차로 옮겨."

교장이 억양 없이 말한다. 교사들이 우리를 억지로 끌어낸다. 반항할 틈도 없이 미로와 내가 구급차에 태워진다. 그리고 이동 침대에 묶인 신세가 된다. 우리는 고개를 돌려 서로를 바라본다. '미안해. 하교 실패야.' 미로가 입 모양으로 말한다. 미로의 눈에서 눈물이 주룩 흘러내린다. 구급 대원이 주삿바늘을 내 팔뚝에 찔러 넣는다.

"항바이러스제야."

차가운 용액이 근육에 퍼져 나간다. 미로의 얼굴이 점점 흐릿해진다.

＊

미로와 나는 학교 오른편 건물 지하로 끌려간다. 지하에는 감옥 같은 병동이 있다. 소독약 냄새가 지독하다. 학교에 이런 공간이 있을 줄이야.

"너희는 바깥 공기에 오염됐어."

"다른 아이들까지 위험하게 만들 수야 없지."

"2주 동안은 여기 있어야 해. 이런저런 검사도 받아야
하고."

방호복을 입은 사람들이 말한다. 그들에게 이끌려 병실 안
으로 들어가던 미로가 나를 돌아본다. 얼굴이 창백하다.

"괜찮아. 진짜 바람이 내 뺨을 스쳤으니까."

그것이 내가 들은 미로의 마지막 목소리다.

미로의 운은, 남아 있지 않았다. 바이러스 감염 검사 결과
미로는 양성, 나는 음성이었다. 미처 손을 쓸 틈도 없었다고
했다. 2주간의 격리가 끝나고 알게 된 사실이다.

미로가 죽었다. 나 때문이다. 내가 더 말렸어야 했다. 괜히
덩달아 들뜨지 말았어야 했다. 배도 부르지 않은 솜사탕은
먹지 말라고 말렸으면서. 차가운 병실 안에서 혼자 떠나간
미로를 생각하면 미칠 것 같았다.

숨을 거두는 순간, 미로는 얼마나 외로웠을까?

지하 병실에서 나온 이후에도 나는 밖으로 나갈 수가 없다.
식당에서도, 교실 뒤편에서도, 화면이 있는 곳에서는 미로를
추모하는 영상이 흘러나온다. 화면을 볼 때마다, 나는 존재
하지 않는 국화꽃 향기를 맡는다. 숨이 막힌다.

나는 방에 틀어박힌다. 스스로를 격리시킨 채 미로가 없는

침대를 보며 눈물 흘린다. 우리가 '하교하던 날'을 계속 곱씹는다. 미로가 하고 내가 하지 않은 것, 혹은 미로가 하지 않고 내가 한 것이 있는지 되짚어 본다. 하지만 알 수 없다.

우리는 같은 자리에서 같은 공기를 마셨는데. 왜?

왜라는 질문이 사라지지 않는다. 왜 어떤 아이는 죽고 어떤 아이는 살아남을까.

며칠이고 방에만 있는 나를 위해 로봇이 식사 대용 젤리를 가져다준다. 나는 소화 기능을 상실하지 않은 위장과 허기를 느끼는 뇌를 원망하며 젤리를 씹는다. 상담 교사에게서 홀로그램 메일이 온다.

"플라시티에 접속하는 것도 도움이 될 거야. 원한다면 플라시티에서 미로를 만날 수도 있고."

플라시티에서 만날 수 있는 건 미로가 아니다. 미로가 남겨 놓은 활동 기록을 분석하고 조합해 놓은 데이터 덩어리일 뿐이다. 나는 내 기억 속의 미로를 잊고 싶지 않다. 설령 그것이 내가 만든 가상 현실 속에 존재하는 불완전한 미로라고 하더라도.

잠이 오지 않는다. 미로가 죽은 뒤, 제대로 잠을 잔 적이 없다. 어두운 방 안에 누워 맞은편의 빈 침대를 보고 있다. 새벽외 벽은 밤하늘을 담은 물색이다. 호수의 물색, 바다의 물색,

수영장의 물색……. 투명하지만 파란 물속에서 미로와 나눈 수많은 비밀.

나는 침대에서 튕기듯 일어난다. 그리고 전속력으로 달린다. 수영장에 가서 물안경 없이 뛰어든다. 눈을 감고 바라보는 물속은 어둡다. 미로는 지금 어둠 속에 있을까? 아니면 환한 빛에 싸여 있을까?

'미로, 날 용서해 줄 수는 없겠지?'

나는 버릇처럼 입 모양으로 묻는다.

'응.'

미로의 목소리가 들린다. 물속인데도, 또렷하게.

'그러니까 죽지 마. 너 따위 절대 보고 싶지 않아.'

눈물이 나온다. 미지근한 눈물이 수영장 물에 섞인다. 목이 꽉 막혀 입술조차 달싹일 수 없다.

'아주 오랜 시간이 지나야 내 화가 풀릴 거야. 아마도 80년쯤? 그 전에는 네가 여기 와도 안 만날래.'

난 널 만나고 싶어. 숨을 조금씩 내뱉으며 수영장 바닥으로 가라앉는다. 이제 내게는 뱉을 숨이 남아 있지 않다. 몸에 힘이 빠진다. 나는 뼈 없는 짐승처럼 물속에서 흐늘거린다. 마지막 숨 방울이 빠져나가는 걸 느낀다. 그 순간 무언가에 떠밀리듯 수면 위로 솟구친다. 멸균된 공기가 콧속으로 들어

온다. 그리움으로 가득 차 버린 폐에도 공기가 스며든다. 가
슴이 뻐근하다. 나는, 살아 있다.

작가의 말

마스크 아래서 숨쉬기가 유난히 힘든 날이었다. 집 앞 공원에 산책하러 나가다 한 무리의 학생들과 마주쳤다. 당연히 모두 마스크를 쓰고 있었다. 발걸음을 멈춘 채 그 애들의 뒷모습을 바라봤다. 부지런히 아이들을 따라가는 그림자. 다섯 개의 그림자는 마스크를 쓰고 있지 않았다. 문득, 마음 한구석이 아려 왔다. 아이들이 잃어버린 시간이 안쓰러웠다. 굳이 15분의 1과 30분의 1, 혹은 40분의 1을 정량적으로 비교하지 않더라도, 아이들의 1년은 어른들의 1년과 다르다. 훨씬 많은 추억으로, 훨씬 많은 웃음으로 채워져야 하는데…….

〈살아남은 아이들〉은 상실에 관한 이야기다. 가장 소중한 것을 잃은 아이가, 끝내 아픔을 삭이며 살아가는 이야기다. 코로나로 인해 무언가를 잃은 아이들, 그럼에도 꿋꿋하게 살아가는 아이들에게 위로를 건네고 싶었다.

부디 올해는 마스크 없이, 아이들의 웃는 얼굴을 볼 수 있기를.

06

여름의 빛

최유안

2018년 《동아일보》 신춘문예에 당선되며 소설을 쓰기 시작
했다. 소설집 《보통 맛》, 장편 소설 《백 오피스》를 냈다.

이든은 10분 뒤 집 앞에 도착한다고 연락을 해 왔다. 재경
은 휴대 전화를 손에 쥐고 콘크리트 계단에 걸터앉은 채 멍하
니 지나가는 구름을 바라보는 중이었다. 오전에 폭우가 쏟아
졌다 그치는가 싶더니, 지금 하늘에는 뭉실한 구름 떼가 부딪
히며 갖가지 모양을 만들어 내고 있었다. 처음에 재경은 토
끼나 말같이 생긴 구름의 형상을 따라 눈으로 선을 긋다가 나
중에는 멀리 기다란 비행운에 시선을 빼앗겨 버렸다. 얼굴의
방향을 직각으로 꺾어 흰빛 끝자락이 장대처럼 늘어지는 장
면을 넋을 놓고 바라봤다.

언젠가 '키가 커야 장대높이뛰기를 잘할 수 있느냐.'는 재
경의 물음에 이든이 답했었다.

"그렇지 않아. 선수들마다 몸에 맞는 장대가 다르거든."

그때 이든은 "의외로 장대높이뛰기에서 가장 중요한 게 있다."고 말을 이어 갔었다. 그 '중요한 것'이 뭐였더라. 기억에서 그 부분만 조각내 삭제한 듯 다음 말이 생각나지 않았다. 이든에게 언젠가 다시 물어봐야겠다고 생각했지만 그사이 이든을 만나는 것조차 쉽지 않은 일이 되어 버렸다.

바야흐로 전염병의 시대였다.

집 밖으로 나가는 게 금지되었고 학교는 가지 않아도 좋았고 사람들은 마스크를 썼다. 예외란 없다고 했고 반드시 수칙을 지켜야 빠른 시일 내에 상황이 좋아진다고 했다. 수칙을 지켜도 상황은 나아지지 않았고 사람들은 차츰 지쳐 갔다.

학교가 문을 닫고 사회 곳곳의 기능이 정지된 뒤에 재경과 이든이 할 수 있는 대화란, 기껏해야 전화로 주고받는 안부가 전부였다. "밥 먹었어?", "담임 수업 시간에 화면 꺼도 돼?", "이번에 바꾼 휴대 전화 기종은 뭐야?"처럼 시시콜콜해서 하지 않아도 좋을 것 같은 대화. 어딘가 겉도는 가벼운 문장이지만, 없으면 그나마 이어 오던 연락마저 끊길 것 같은 안부거리들. 이든이 몇 센티의 장대를 쏠지, 재경에게 있어 요즘 고민은 뭔지 따위는 밀어 둔 과제처럼 두 사람 다 일부러 꺼내지 않았다. 대화가 내밀해지면 상황을 더 복잡하게 만들기 마련이었다.

할머니는 '살갗에 감정이 닿는 법을 잊어버린 탓'이라고 하는데 재경에게는 그 말이 수수께끼처럼 어렵게 들렸다. 둘은 처한 상황이 달랐다. 이런 시국에 육상부원들과 늘 직접 접촉을 해야 하는 이든과 사회적 차단에 순응해야 하는 재경의 하루는 같을 수 없었다.

세상은 순식간에 바뀌기 시작했고 대부분의 사람들은 잘 적응해 가는 것처럼 보였다. 학생들은 동영상 수업에 쓸 적당한 전자 기기를 싼값에 구하는 법을 익혔고 학교는 비대면 수업을 위해 기자재를 들이고 새로운 성적 관리 시스템을 구축하는 데 열성이었다. 가끔 가는 학교에서는 떠드는 아이들을 찾아보기 힘들었다. 쉬는 시간에는 모두 각자의 자리에서 휴대 전화로 유튜브 동영상을 보고, 점심시간에는 말 한마디 섞지 않은 채 1미터 간격으로 식판을 들고 대기했다. 시대에 적응하지 않으면 도태된다고 했다. 몸에만 방호벽이 쳐지는 건 아니었다. 저마다의 마음에도 벽이 생겼다. 기회가 없었다. 우정을 나눌 기회, 이야기를 할 기회, 서로를 알아 갈 기회.

요즘 재경은 주변의 모든 것이 변해 가는데도 변하지 않는 게 있다면 자신인 것 같은 느낌을 종종 받았다. 같은 자세로 책상 앞에 앉아 낡은 지식을 머리에 쑤셔 넣고 있는, 학습 능력은 갈수록 떨어지고 친구를 사귀는 법은 잊어버려 한낱 쓸모없는 인간이 되어 버린 기분이 들곤 하는 나재경, 자신. 이런 우울과 좌절의 나날 속에서도 재경의 곁에 이든이 있다는 것은 뿌듯함과 자랑스러움, 기쁨과 안도였다.

이든이 재경에게 어떤 사람인지 정확히 알기 위해서는 재경의 '친구 카테고리'를 들여다봐야 한다. 재경에게 친구란 어떤 비밀 이야기를 할 수 있느냐에 따라 구분되었는데, 이를테면 이런 식이었다.

1번 그룹. 반이 같아서 이름을 알지만 만나 본 적 없는 사람들. 길을 오가다 만난 애들이랑 별다를 게 없다.

2번 그룹. 반이 같고 대면 수업 때 만나 얼굴을 익힌 아이들. 재경의 이름과 특성을 알고 있는 애들인데, 그렇다고 해도 친하기로는 1번 그룹과 다를 게 없다. 전염병 시국에 비말이 공중에서 떠다니는 걸 극도로 꺼리는 학교에서는 말하는 것 자체가 금지되는 탓에 친구를 만들 기회가 좀처럼 없다.

3번 그룹. 중학교 때 만나 지금까지 친구인 아이들. 배정된 고등학교가 달라지면서 만나는 횟수가 줄었지만 각자의 집안 사정 정도는 파악하고 있는 친구들. 어차피 모든 학교가 비대면인 이상 낯선 학교 친구들과 이야기하는 것보다 심정적으로 조금 더 가까운 아이들.

4번 그룹. 이곳에는 이든만 있다.

정이든, 재경과 같은 열여덟, 네덜란드인 아빠와 한국인 엄마 사이에서 태어났고, 중학교 때부터 알려진 육상부 선수다. 큰 골격과 이국적인 외모, 운동을 하는 덕에 또래보다 다부진 몸.

재경이 홀로 운동장 계단에 앉아 있던 어느 날, 선뜻 다가와 친구가 되어 주겠다 말하던 아이.

"너, 학교에서 집 가까운가 보다. 몇 달 동안 여기서 널 봤는데, 어쩐지 힘들어 보여서 옆에 가끔 앉아 있어 주고 싶었어."

온기가 도는 그 첫 모습을 자주 다시 떠올리게 하는 아이.

이든은 할머니의 상황을 알고 있는 유일한 친구였고, 지금은 할머니를 돕기 위해 재경의 집으로 오는 중이었다. 할아버지가 계신다는 포천의 요양원 주소를 알아 놓으라고 했던 것도 이든이었고 거리가 멀면 차가 있는 이모에게 부탁을 하자고 했던 것도 이든이었다. 이든은 이모와 함께 재경의 집으로 오는 중일 것이다. 이런 무기력의 시대에도 자신감이 넘치고 슬기로운 이든, 누구보다 믿음직스러운 이든은.

승합차는 천천히 속도를 줄이다가 재경의 앞에 멈춰 섰다. 9인용 연회색 카니발이었다. 이든과 이든의 이모일 확률이 높았다. 자리를 털고 일어난 재경은 의심 없이 조수석 쪽으로 걸음을 옮겼다. 조수석은 비어 있었고, 대신 운전석 문이 열리더니 멀리 재경을 부르는 이든의 목소리가 들려왔다.

재경은 이든이 자신을 향해 걸어오는 장면을 우두커니 봤다. 검은 마스크, 검은 모자, 검은 운동복에 흰 운동화. 이든의 트레이드마크 같은 차림.

"이모는 어디 계셔?"

"이모?"

이든은 재경의 말을 듣고 무슨 말을 하는 줄 모르겠다는 듯 톤을 높여 되물었다가 이윽고 피식 소리를 내며 웃어 버렸다.

"아, 운전. 내가 하고 왔어."

재경은 놀랐다기보다 어이가 없어 웃음이 터졌다. 그러니까 일주일 전 이든이 재경에게 했던 말은 '이모가 운전을 해서 할머니를 모시고 가자.'는 뜻이 아니라 '이모 차를 운전해서 할머니를 모시고 가자.'였다는 건가.

"고등학생이 운전을 어떻게 해."

"네덜란드 면허증 취득 가능 연령은 17세야. 나 면허증 있어."

"정말이야?"라는 재경의 물음에는 아랑곳하지 않고 이든
은 할머니의 행방을 물었다. 할머니는 집에 계시다고, 휠체
어에 앉아 기다리고 계시다고 말한 뒤에 재경은 이든이 집 안
으로 들어가는 모습을 돌아봤다. 한번 와 봤던 집이라 익숙
한 건지, 아니면 원래 이든은 저렇게 막무가내였던 건지. 짧
은 동안에 재경의 머릿속이 분주해졌다.

잠시 뒤 할머니가 탄 휠체어가 바깥으로 나오는 모습이 보
였다. 이든은 할머니가 이동하는 동안 불편을 느끼지 않도록
땅의 매끄러운 부분을 살피며 천천히 휠체어를 몰았다. 할머
니와 이든은 웃고 있었다. 둘의 표정에 악의나 불호, 그런 것
과 비슷한 어떤 감정도 찾아볼 수 없었다. 이든이 만약 정말
질이 나쁜 사람이었다면 저런 친절 따위는 몸에 배지도 않았
을 거라고, 부정적인 생각 따위 소문 탓이겠거니 생각하자고
재경은 마음먹었다. 이든은 재경의 친구니까. 친구란 이해와
신뢰를 기반으로 형성되어야 마땅한 관계니까.

이든은 휠체어 위의 할머니를 번쩍 들어 열린 문 안쪽 좌석
으로 옮겼다. 재경이 휠체어 손잡이를 잡아 지지해 주었다.
늙은 몸이라 물에 젖은 나뭇가지처럼 무거울 거라는 둥 푸념

하던 할머니도 이든이 끙 소리 한번 내지 않고 몸을 들어 올리자 놀란 표정이었다.

"운동하는 애라 다르긴 다르다."

이든은 할머니 몸에 맞게 안전벨트가 잘 채워졌는지 꼼꼼하게 확인한 뒤에 힘이 들어간 음성으로 말했다.

"할머니 옆에 생수도 있어요. 목 타실까 봐 뒀어요."

재경은 휠체어 손잡이를 놓지 않고 그 장면을 바라보았다. 재경을 통해 이든은 할머니에 대해 들어 왔고, 할머니는 이든에 대해 들어 왔다. 두 사람에게는 서로가 낯선 사람이지만 그렇다고 아주 낯설게 느껴지지도 않을 것이 틀림없었다. 정작 재경에게는 이 상황이 무척 어색했다. 자신에게 익숙한 사람이 다른 사람을 만나 다른 색깔로 변해 있는 것을 보는 것이 이렇게나 생소한 일인 줄 몰랐다. 그러데이션 없는 무지개처럼, 피부에 갑자기 닿은 차가운 음료처럼, 완전히 이질적인 온도의 두 물질이 성글게 뒤섞인 느낌이었다.

재경이 차에 오르지 않고 쭈뼛대자 이든이 문 쪽으로 눈짓하며 말했다.

"재경아. 어서 타."

"진짜 네가 운전해도 괜찮은 거야?"

"괜찮지 않으면 넌 안 갈 거야?"

그 말을 듣고 재경은 무거워진 발을 차 안으로 겨우 끌어올렸다. 이 모든 걸 이상하게 느끼는 건 재경뿐인 것 같았다. 그런 재경을 할머니가 흥미롭다는 듯 바라보고 있었다.

할머니는 이든을 두고 자주 착각했다. 이든의 이름이 '에덴'인지 여러 번 되물었고 이든 아버지의 고향을 미국으로 오해했다. 에덴에게 영어는 전혀 문제가 없겠다며 부러워했다. 재경은 조목조목 반박했다. '세상에 외국인이 미국인만 있는 건 아니'고 '네덜란드인이라고 다 영어를 잘하는 건 아닐 것'이라고. 이든이 영어를 잘하는 건 사실이지만 그게 할머니의 오해를 가중시킬 수 있으니 그런 말은 구태여 입 밖으로 내지 않았다.

이든은 할머니에게 자늑자늑하고 예의 있었다. 그런 점이 할머니의 마음에 들었음은 물론이었다.

"너, 멀리뛰기를 한다고 했지?"

"아. 제가 하는 건 멀리뛰기가 아니라 장대높이뛰기예요. 높이뛰기도 종류가 여러 가지인데요, 장대를 지지해서 누가 더 높이 뛰는지 겨루는 경기예요. 영상도 있는데 보여 드릴까요?"

두 사람 사이에 오가는 대화만으로도 차 안에는 온기가 돌았다. 이든은 얼마 전 치른 경기의 동영상을 꺼내 들었다. 재경이 찍은 것이었다. 할머니는 미소 지으며 이든이 건네는 스마트폰을 받아 들었다. 이든은 출발하기 전 마지막 의식을 치르듯 기어를 작동시키고 백미러로 할머니를 살폈다. 할머니가 입은 실크 치맛단 위로 희미하게 빛줄기가 내려앉아 물비늘처럼 반짝였다. 재경은 고개를 들어 이든을 바라봤다. 한 손으로 운전대를 잡은 이든이 다른 손으로 기어를 부드럽게 움직였다. 재경은 운전대 위에 얹혀 있는 이든의 손을 한참이나 바라봤다. 세 명이 탄 차가 골목을 빠져나가기 시작했다. 할머니가 보는 동영상 소리가 점점 커졌고, 그러는 동안 재경의 머릿속은 어느새 몇 주 전 그날로 돌아가 있었다.

*

재경이 이든의 상황을 알게 된 건 우연이었다. 일주일에 한 번 있는 청소 시간, 밀걸레를 들고 체육관 뒤편의 수돗가로 향했을 때였다. 수돗물을 틀자 '솨' 하는 소리와 함께 물이 거칠게 아래로 떨어지며 적막을 끊어 냈다. 재경은 체육관 현관에 붙은 임시 폐쇄 공지를 멀뚱히 바라보다 밀걸레를 청소대 안쪽 깊이 집어넣어 박박 문질러 씻어 냈다. 아이들 둘이 오더니 재경의 앞쪽에 섰다. 모르는 아이들인 데다가 마스크를 써서 누군지 궁금해할 가치도 없다고 생각했다. 마스크를 뚫을 듯 큰 목소리로 한 아이가 말했다.

"그러면 육상부는 어디에 있는 거냐?"

"뉴스 보니까 어디 빌라라던데."

"그니까 지금까지 빌라에서 연습을 했다는 거지, 걔네가."

"그치. 근데 육상부는 비대면을 못 하는 게 맞는 거 아니냐? 동영상만으로는 연습이 안 될 것 같은데?"

재경이 고개를 끄덕였다. 그러지 않아도 이든이 합숙소로 들어가 버린 탓에 만나는 것조차 어려워진 게 벌써 몇 달째였다. 연습 중에 연락이 잘 안 되는 건 흔한 일이었다. 그래도 합숙소가 있어서 이든이 연습을 열심히 하는 게 더 나았다. 이든에게는 꿈이 있고 재경은 이든의 꿈을 응원해 주기로 했으니까.

"근데 그거, 그 외국 애가 먹인 거라며?"

재경이 눈을 동그랗게 뜨고 귀를 쫑긋했다.

"아, 그 말 없는 애."

"응. 싸가지도 없다는 애."

"걔는 진짜 소문만 무성해."

"독특하게 생겼잖아."

수돗물이 하얀 포말과 함께 큰 소리를 내며 떨어지자 한 아이가 소리를 더 높여 답했다.

"높이뛰기 선배는 개밖에 없다더라. 그럼 뻔하지."

재경은 수도꼭지를 조였다. 완전히 다 조이지 않고 물줄기를 절반 정도만 줄인 뒤에 밀걸레 위에 올라가 발로 꾹꾹 누르기 시작했다. 복도를 닦고 나온 구정물이 흘러 청소대의 경사를 타고 미끄러져 내려갔다.

"걔도 후배였을 때 엄청 처맞았겠지. 체육 하는 애들이 다 그렇잖아."

"불쌍하다. 걔는 걔네 나라 가서 운동하면 안 처맞을 텐데 왜 한국에서 학교를 다니냐? 멍청하게."

재경은 온 힘을 발로 몰아 꾹꾹 밀걸레를 짜냈다. 비눗물을 푼 양동이에 밀걸레를 넣었다가 빼고 다시 차가운 수돗물을 그 위에 쏟아 부었다. 구정물이 또 흘러나왔다. 비눗물 양동이에 밀걸레를 넣고 빼고, 다시 넣고 빼고, 구정물을 뺐다. 아무리 반복해도 구정물이 다 빠져나오지 않았다.

"중학교 때 그 새끼 존나 처웃고 다닐 때부터 알아봤다."

재경이 고개를 들어 말하는 아이를 바라봤다. 중학교 때부터 이든과 한 학교였다면 재경이 알 수도 있는 얼굴이었다. 가만히, 물끄러미, 눈치채지 않게. 마스크로 얼굴의 반 이상이 덮여 누군지 좀처럼 식별하기 어려웠다.

"그 새끼 폭력 영상 돌기 시작했다는데 보고 싶냐? 1학년
그룹 채팅 방 가면 올라와 있다더라."

재경은 양동이를 발로 살짝 밀어 넘어뜨려 버렸다. 수돗가
이곳저곳으로 쓸려 가던 구정물이 반동 때문에 튀어 나갔다.
재경은 밀걸레를 들고 수돗가를 마구 쓸어 버렸다. 앞에 있
던 아이가 소리쳤다.

"뭐야!"

재경은 굴하지 않고 밀걸레를 들고 청소대를 힘껏 쓸어 냈
다. 수돗물 마개도 다 풀어 버렸다. '쏴' 하는 소리가 들리면
서 수도꼭지를 타고 물줄기가 세게 쏟아져 내렸다. 얼굴이
새빨개진 아이가 재경 쪽으로 무언가 항변을 하려고 달려들
었다. 다른 애가 그 애의 팔을 붙잡고 몸을 끌어냈다.

"아 진짜, 씨발. 세상에 또라이 새끼 많아."

두 아이가 수돗가에서 한 걸음 멀어졌다. 한 아이가 흥분
이 가라앉지 않는 듯 자꾸 뒤를 바라봤다. 재경이 멀어지는
아이들의 뒤통수에 대고 조용히 곱씹듯 말했다.

"새끼들아, 걔 한국 애라고."

*

운전하는 이든의 모습은 낯설었다. 운전을 할 수 있다는 것도 놀라운 일이었지만 운전을 잘하는 이든의 모습은 상상해 본 적도 없었다. 재경은 자신이 모르는 이든의 모습이 더 있을까 봐 무서웠다. 그게 가령 생각지도 못한 폭력적인 모습이라면 겁이 날 것 같았다. 이든은 할머니가 있는 뒤쪽을 간간이 백미러로 살폈다. 시선은 부드러웠고 눈가에 핀 웃음은 다정했다. 어릴 때부터 그는 양가 할머니로부터 귀여움을 독차지했었는데 한국 할머니는 오래전 돌아가셨고 네덜란드 할머니는 오랫동안 못 봤다고 했다. 특히 한국 할머니가 이든을 더 귀여워했었다고 들었다. 그래서인지 이든은 할머니라는 존재에 특별함을 느끼는 사람 같았다.

이든이 할머니를 볼 때 할머니는 창밖을 보거나 백미러로 이든이나 재경에게 고개를 끄덕이며 인사를 해 주었다.

"할머니, 괜찮으시죠? 저 운전 잘한다니까요."

"의심도 안 했는걸."

"진짜?"

재경이 할머니를 돌아보며 쏘아붙이듯 묻자 할머니는 고개를 끄덕였다.

"어차피 가는 방법이 정해져 있으면 그런가 보다 하는 게 편하니까."

할머니의 말은 늘 재경의 생각에서 벗어났다. 이런 말들도. "나는 요즘 사는 게 재밌다. 내일 죽어도 이상하지 않으니까 세상이 더 재밌어져."

"에덴이 너는 공부도 잘한다면서?"

할머니의 칭찬에 이든의 표정에 장난기가 묻었다.

"국어 영어 체육은 좀 하는데 수학 미술 과학은 못해요. 그러니까 잘하는 것도 못하는 것도 아니에요."

이든이 웃자 할머니가 시원하게 따라 웃으며 말했다.

"너 정말, 마음에 든다. 내 친구 해야겠다."

재경은 고개를 돌려 할머니를 바라봤다. 뒤로 질끈 묶은 흰머리, 작고 동그란 몸집, 또렷하고 힘 있는 눈동자. 이제 세상살이에도 별 미련 없다던 할머니의 웃는 얼굴. 할아버지의 요양원에 가는 할머니의 마음이란 어떤 걸까. 설렘, 긴장, 아니면 안도. 살짝 열려 있던 창밖으로 바람이 불어와 할머니의 흰머리를 쓸어 올렸다. 차창 너머 하늘에 물고기 떼 같은 구름 무리가 여러 번 빠르게 지나갔다. 이든이 틀어 둔 라디오 프로그램의 디제이는 "비가 크게 온 덕에 예쁜 무지개가 떴다는 소식이 전국 곳곳에서 들려오네요."라는 말을 유쾌하게 전했다. 그 말을 들으면서도 재경은 창밖의 하늘보다 할머니 쪽을 더 유심히 바라보았다. 할머니는 어린아이처럼 구름 떼를 올려다보고 있었다. 할머니는 무지개를 기다리는 걸까. 재경은 생각했다.

2년 전, 할아버지가 알츠하이머를 앓기 시작하면서 재경의 부모는 성남에 사는 고모와 할아버지의 거취를 놓고 격렬하게 의견을 교환했다. 그때는 할머니와 할아버지가 함께 살았는데, 고모와 재경의 부모는 노인들을 그렇게 두어서는 안 된다는 데에 쉽게 합의했다. 다만 누가 두 분을 모실 것인지에 대해서는 의견이 갈렸다. 혼자 사는 고모는 두 분을 모실 수 없다고 딱 잘라 말했다. 누군가를 부양해 본 적이 없고 부양하더라도 두 분을 다 모시고 사는 일은 있을 수 없다는 거였다. 상황이 좋지 않기는 낮에 둘 다 일을 하는 재경의 부모도 마찬가지였다.

"그러면 방법은 하나지. 아버지를 요양원에 맡기고 엄마를 모셔."

성남 고모가 그렇게 말했을 때 재경의 어머니가 반색하며 말을 이었다.

"저희가 어머니를 책임질 테니까, 고모가 아버님을 책임지는 게 어때요?"

　세 사람은 그렇게 두 가족이 한 명씩 맡아 부양하는 것으로 이견을 좁혔다. 놀라울 정도로 깔끔하게 정리가 되었고 할머니와 할아버지는 순식간에 사는 공간이 나뉘었다. 옆에서 대화를 다 듣고 있는 재경은 아랑곳하지 않은 채 세 사람은 흡족하게 토의를 마치고 막걸리를 가져와 나눠 마셨다. 아버지는 막걸리에는 빈대떡이라며 집 앞 전 파는 가게에 다녀오겠다고 나갔다. 고모와 엄마는 더 이상 그 대화를 이어 가지 않았고 약속한 듯 TV를 틀어 예능을 보기 시작했다. 거실에서 두 사람의 웃음소리를 듣다가 재경은 방으로 들어와 버렸다. 할머니와 할아버지의 의견을 궁금해하는 건 재경뿐인 건가 싶었고 그 때문인지 마음이 계속 가라앉았다.

　그렇게 재경의 집에 들어온 날, 할머니는 거실로 나오는 재경을 보며 상쾌한 목소리로 말했다.

　"재경아, 오늘부터 나랑 같이 살자."

　어째서 자신이 여기까지 오게 되었는지 같은 이야기는 별로 궁금하지 않은 것 같은 무심한 눈빛. 그게 재경이 아는 할머니의 가장 익숙한 모습이었다. 다정하지 않았지만 그렇다고 신경이 곤두서 있지도 않았다.

사실 재경은 그날 수돗가에서 아이들이 간 뒤에 동영상을 찾아봤다. '세실고 1학년' 오픈 채팅 방은 반과 번호만 쓰면 들어갈 수 있었고 꾸며 낸 사실이라도 상관없는 듯 아무 반과 아무 번호나 누르고 들어간 재경에게도 입장을 허락했다. 육상부 영상은 아이들의 말대로 쉽게 찾아볼 수 있었고, 댓글에는 "인성 쓰레기", "이 영상 내가 제보" 같은 허세와 비난이 이어지는 중이었다.

2분 동안의 짧은 영상에서 재경의 눈은 쉴 새 없이 이든의 모습을 찾고 있었다. 합숙소로 추정되는 빌라 방 안에 선수들이 다닥다닥 붙어 앉아 있었다. 언뜻 봐도 열 명은 넘어 보였고 바이러스와 전혀 무관한 세상에 사는 사람들처럼 좁은 간격으로 앉아 고기를 굽는 중이었다. 둘러앉은 선수들 사이로 직사각형의 앉은뱅이 밥상 서너 개가 붙어 있고, 그 위로 불판에 고기가 얹혀 있었다. 선수들은 고기를 먹고 있었다. 쌈을 할 수 있는 상추도 있고 고추나 김치도 있지만 대부분은 우걱우걱 고기만 먹었다. 누군가가 화면 밖에서 소리쳤다.

새끼들아, 그따위로 운동할 거면 몸에 붙은 고추를 떼고 여자들이랑 붙어.

그 말을 듣고 많은 사람이 동작을 멈췄다. 그런데 화면 상단에 누군가가 평온하게 쌈을 싸는 움직임이 보였다. 등을

곧게 펴고, 부드럽게 손으로 머리를 쓸어 가며 고기를 먹었다. 재경이 잘 아는 이든의 옆모습이었다.

우리 이든이 보이냐, 너네도 전국 일등이면 저렇게 당당할 수 있다.

그 소리가 들리기 전이나 후나 이든은 별일 없다는 듯 쌈을 싼 고기를 씹어 먹었다. 경멸하는 아이들의 눈초리, 신경 쓰지 않는 이든.

재경은 그 장면에서 많은 걸 읽었다. 오직 실력을 바탕으로 얽힌 코치와 이든의 관계, 같이 운동하는 친구들의 시기와 질투, 그 안에서 살아남으며 선을 긋는 이든. 아니, 코너에 몰려도 의연한 척하는 이든. 그런 적당한 경계가 이든이 한국 사회에서 자신을 지키는 모습이었다.

그리고 이것도 이든의 모습이다. 할머니를 간간이 바라보며 따뜻하게 웃고 있는 이든, 재경의 기분을 살펴 주는 친구 이든, 어른처럼 운전을 하는 이든.

재경은 그 영상이 지나간 뒤에 조용히 소리를 토해 내듯 읊조렸다.

"뭐야, 정이든 폭력 영상이라며. 아니잖아."

자초지종을 들은 재경의 할머니는 고민하지 말라고 말

했다.

"애들이 에덴이를 많이 부러워하는구나."

재경의 할머니는 그렇게 말하며 사과 한 조각을 입속에 털어 넣어 천연덕스럽게 씹었다.

"고기를 미친 듯이 입속에 넣고 먹더라고."

"에덴이 속이 말이 아니었겠네."

"그래도 좀 애들 눈치도 보면 좋을 텐데. 지 멋대로야."

"멋대로가 아니라 할 수 있는 게 그것뿐이었는지도 모르지."

할머니가 이든 편을 들어 주자 재경은 어쩐지 이든을 깎아내리고 싶었다.

"걔가 나한테 보여 주는 모습이랑 너무 다른 모습이었다니까."

"상황에 따라 똑똑하게 행동하네."

"걔가 누군지 모르겠어."

"너 스스로는 널 다 알아? 하물며 남의 속을 어떻게 속단하겠니."

재경은 어쩐지 이든을 편들어 주는 할머니에게도 심술이 났다.

"할머니는 여기서 사는 거에 불만 없어?"

"불만 있을 게 또 뭐야."

"어른들 마음대로 정했잖아."

"그럴 만한 이유가 있었겠지."

재경은 입을 다물고 TV 쪽으로 고개를 돌렸다. 알고 보니 그게 수돗가 애들 말처럼 '폭력' 영상은 아니었다고, 그냥 정이든이 고기를 먹는 영상인데도 애들은 그렇게 멋대로 오해하더라고, 재경은 그 사실을 말하고 싶었다.

"오늘 에덴이 봐 주는 날이라며. 얼른 가 봐."

재경은 그 말들을 결국 꺼내지 못하고 집 밖으로 나와 운동장으로 향했다.

나도 나를 스스로 잘 모르는데 하물며 내가 남을 어떻게 다 알까. 세상 사람들은 그냥 다들 서로를 잘 모르는 채로 살고 있는 거였을까. 거의 모든 관계를 비대면에서 쌓아야 하는 이런 세상에서는 더욱이.

걷는 동안 할머니의 그 말은 재경의 마음 깊이 상흔처럼 새겨졌다. 그날은 처음으로 재경이 할머니가 이든의 이름을 대체 왜 '에덴'으로 부르는지 궁금해졌던 날이기도 하다.

공공시설은 오래전에 개방되었지만 사람들이 운동장에서 가볍게 몸을 푸는 모습은 이제 흔한 장면이 아니었다. 인간의 행동은 생각보다 둔하고 소극적이어서, 새롭게 익숙해진 습관을 다시 전으로 되돌릴 줄 몰랐다. 물에 젖은 경기장은 까맣게 탄 도화지 같았다. 재경은 천천히 깊숙한 곳으로 다가섰다.

우듬지가 큰 건너편 나무 아래 가로등 빛줄기 안으로 꽃비가 날리고 있었다. 하얀 실 조각 모양의 비가 내리듯 두꺼운 나뭇가지에서 옅은 꽃잎들이 힘없이 술술 떨어져 내렸다. 멈춰 선 뒤에 재경은 어둠 속의 그림자를 가만히 응시했다.

차츰 사위가 밝아 왔다. 이든이 그곳에 우두커니 서 있었다. 단비를 품은 바람이 이든의 뺨을 가볍게 스치고 지났다. 재경은 고개를 돌렸다. 트랙 곳곳에 물웅덩이가 고여 있었다. 비닐이 덧씌워진 노란색 측정판이 물에 젖어 갔다. 이든이 왼손을 들어 출발을 알리고 숨을 크게 들이마셨다. 손에 쥔 장대를 여러 번 쓰다듬으며 자세를 바로잡았다. 손바닥에 묻은 흰 송진 가루가 얼핏 눈에 띄었다. 이 순간 모든 게 빗줄기 안에 갇혀 버린 느낌이었다.

이든이 발을 떼는 순간 재경은 손에 힘을 바짝 주었다. 이든이 큰 보폭으로 발을 내밀 때마다 재경의 몸에 열기가 퍼져 나갔다. 거대한 장대가 푹 소리를 내며 땅에 꽂혔다. 장대에 기댄 이든의 몸이 공중으로 떠오르자 기다렸다는 비가 듯 쏟아지기 시작했다. 장대가 펴지는 속도에 맞춰 이든이 기다란 다리를 힘껏 위로 뻗어 냈다. 재경의 숨이 멎는 것 같았다.

이든의 발끝이 가볍게 스치며 가로로 뻗은 봉이 잠시 흔들리다가 이내 단단하게 자리를 잡았다. 재경은 이든의 몸에 붙어 있던 위치 에너지가 운동 에너지로 바뀌는 장면을 넋 놓고 바라보았다. 장대가 반대쪽으로 잘 넘어갔다는 것을 확인한 이든의 얼굴은 환희로 번졌다. 재경은 이든이 폭우와 함께 매트 위로 떨어지는 광경을 눈을 크게 뜨고 목격했다.

이든은 한동안 매트에서 일어서지 못했다. 방금 일어난 일을 믿지 못하겠다는 듯 한 번 더 위를 응시하더니 그대로 매트 위에서 몸을 풀어 버렸다. 거침없이 비가 쏟아졌고 재경은 우산을 펴 들고 트랙 안으로 뛰어 들어갔다.

"봤지? 재경아 봤지?"

이든의 목소리가 빗속을 뚫고 재경의 귀에 전달되었다. 재경은 이든의 몸 위에 우산을 씌웠다.

"그래, 5미터 05. 잘했어."

재경은 몸에 묻은 물기를 털며 매트 밖으로 나오는 이든의 뒷모습을 바라봤다. 달리기, 근력 운동, 체조, 아크로바트를 하루도 빠짐없이 채워 온 이든의 연습장을 기억해 냈다. 이든이 넘긴 봉의 무게에 대해 생각했다. 기록을 1센티 높이기

위해 그가 했을 수많은 반복 동작과 그 틈을 비집었을 감정의
결을 더듬어 보았다.

　재경은 이든을 바라보았다. 도전에 성공한 사람의 얼굴을,
자랑스러운 친구의 몸짓을 바라보았다. 심장이 불규칙적으
로 꿀렁였다. 마음이 그런 식으로 표현되는 거라면 그것은
괴로움이었다.

*

　가만 보면 이든의 캐릭터는 비현실적인 데가 있었다. 아버
지는 한국말이 서툴고 어머니는 네덜란드어가 서툴러 집에
서는 두 분이 영어를 썼으므로 이든은 영어에 전혀 어려움을
느끼지 않았다. 이든이 수능 영어 문제를 비난하면 재경은
반박할 수 없을 정도였다. 우리나라 영어 교육이 21세기에도
여전히 주입식이라고 비난에 곁을 주는 것밖에 할 도리가 없
었다. 소설가인 이모로부터 한국어와 문학적 감수성도 이어
받았다고 했다. 뭐 저런 인간 조합이 있나 싶은 게 한두 개가
아니었다.

　이든은 육상부에서도 손에 꼽히는 주전이었다. 오주한이
나 비웨사는 한국인으로 귀화한 경우지만 이든은 이미 한국

인의 피를 절반은 물려받았다. 길고 단단한 몸, 체육 하기에 잘 갖춰진 몸매의 이든은 체전에서 등장만으로 다른 선수들을 위협할 수 있었다. 게다가 재경이 봐 온 이든은 비교적 생각이 건전했고 자기 관리가 철저했다. 체조 선수였던 네덜란드인 아버지의 유연함과 단거리 달리기 선수였던 어머니의 집념과 끈기를 물려받았다. 유치원 때 이미 아버지가 운영하는 경기장에서 체조를 배웠으니 실력에 대해서야.

국도 주변 산기슭 곳곳에는 산돌림이 내리는 중이었다. 한쪽은 맑고 다른 쪽은 비가 오는 장면이 계속 연출됐다. 도로에는 자동차 주행을 돕기 위한 신호가 많았다. 경찰차 간판이 보일 때마다 재경의 심장이 쿵쿵거렸다. 혹시나 누군가가 차를 한쪽으로 몰고 '애가 운전을 한다.'라며 옥박지르지 않을까 걱정이 되었다. 아무런 문제가 없다는 이든의 말도 사실인지 아닌지 알 도리는 없었다.

창밖으로, 바람결에 여린 잎이 날리다가 회오리를 일으키며 다시 위쪽으로 흩날려 올라가는 중이었다. 재경은 그 잎이 유리창에 붙었다가 다시 떨어지는 광경을 바라보았다. 작은 잎사귀들이 옹기종기 모여 있는 아기 손바닥만 한 크기의 잎이었다. 저렇게 늘 함께 붙어 다녀야 하는 작은 이파리들은 서로 괴로울까, 행복할까, 의지가 될까. 재경은 운전석 쪽으로 몸을 바짝 붙인 채 작은 목소리로 말했다.

"나, 그거 봤어."

"그거?"

"영상."

"아."

이든은 대수롭지 않다는 듯 웃었다.

"왜 웃어?"

"그래서? 그걸 보고 넌 어땠는데?"

아무렇지 않게 넘기는 이든의 모습에 재경은 기가 찼다.

"그냥. 아무 생각도 안 들었어."

"신경 쓰지 마. 내가 뭘 해도 싫어하는 사람들이야."

"널 모르는 사람들도 오해하잖아."

"오해하라지 뭐."

재경은 이든의 말에 깜짝 놀라 몸을 이든 쪽으로 바짝 붙여 앉았다.

"오해하게 둔다고?"

"오해하지 말라고 해도 오해할 사람들은 알아서 오해해."

재경은 자신의 눈동자가 원치 않는 방향으로 돌아가고 있다는 걸 알았다.

"안 무서워?"

"사람들이 오해하는 게 뭐가 무서워?"

"사람들이 나를 오해하면 어쩐지 내가 이상한 사람이 된 것 같잖아. 그러면 내가 불행해지잖아."

"좀 불행하면 어때."

"행복하고 싶지 않아?"

"지금까지도 뭐 그렇게 행복하지는 않았어. 근데, 딱히 못 살지도 않았는걸."

말문이 막혀 재경은 말없이 잠깐 이든의 뒷모습을 지켜봤다. 이든은 한 번 웃었고 그다음에는 사뭇 진지한 얼굴로 말했다.

"너 그거 알아? 여기서는 나한테 외국인 같다고 하잖아. 나 아빠네 집 가면 동양인 같다고 한다? 오해를 막는 게 행복의 조건이라면 나는 전제부터 틀렸어."

재경은 달리 할 수 있는 말이 없다는 걸 금방 깨달았고 멋쩍은 기분으로 괜히 시선을 돌렸다. 잠든 할머니의 모습이 보였고 재경은 약간 풀이 죽은 채 창밖으로 지나가는 풍경들을 지켜봤다. 그러다 문득 생각이 들었다. 기록을 높이는 게 이든이 하고 싶은 일이라면 이든 역시 자신이 행복을 추구하려고 한다는 걸 잊어버린 것 아닐까 싶은. 그걸 짚어 주고 싶었다. 너도 비슷한 사람이라고 말해 주고 싶었다.

"이든아. 너는 장대높이뛰기를 왜 하는 거야?"

재경이 물었고 이든이 곧바로 답했다.

"내가 말한 적 없었나?"

"물론 운동을 잘해서 높이뛰기를 시작했다는 말은 했지. 그런 거 말고, 마음의 이유."

이든은 잠시 생각에 잠기더니 운을 떼었다.

"너 옐레나 이신바예바라는 사람 알아?"

재경이 고개를 천천히 가로저었다.

"2008년에 마지막으로 장대높이뛰기 여자 세계 신기록을 세운 뒤에 아무도 그 기록 이상을 뛰어넘지 못하고 있어. 멋지지?"

"네 꿈이 신기록이라는 말을 하고 싶은 거야?"

"아니. 이신바예바는 도움닫기 직전에 늘 하늘을 봐. 입맞춤을 하듯이. '나는 당신을 믿는다.'라고 말하는 거지."

이든은 입을 맞추듯 입술에 손을 포개더니 하늘 쪽으로 손을 뻗으며 다시 말했다.

"나는 당신을 믿는다."

재경은 허우룩해진 마음에 말 잇는 것을 그만두었다. 이든의 말이 '그냥 믿는 행위 자체를 즐거워한다.'라는 의미로 들린 탓이었다. 그건 재경이 이든을 통해 듣고 싶었던 행복의 정의가 아니었다. 1센티, 2센티 기록을 늘려 갈수록 성취감을 느낀다고, 그런 보람이 행복이라고, 차라리 그런 말이면 쉬웠다. 그런데 이든의 말은 결이 전혀 달랐다.

이든은 정말 그냥 믿으며 사는 걸지도 몰랐다. 갑자기 이별한 조부모를 만나게 해 드리는 것이 두 분을 가장 위하는 일이라고, 재경과 이든이 그걸 해 줄 수 있다고, 그러면 둘에게도 뿌듯함이 차오를 거라고, 그렇게 믿는 걸지도. 정말로 그냥 아무런 조건 없이 믿고 싶은 걸 믿는 걸지도 몰랐다.

국도 중간에 휴게소 간판이 보였다. 목적지 가까이 와 간다는 것을 실감할 수 있도록 여기저기 요양원이 있는 도시의 이름으로 지어진 가게의 간판도 눈에 띄었다.

"잠깐 쉬어 가자."

이든의 말에 재경이 고개를 끄덕여 동의했다. 잊지 말자는 듯 이든이 강조했다.

"뭘 먹거나 많이 머무르면 위험하니까, 화장실만 들렀다가 금방 가자."

차는 천천히 휴게소가 있는 쪽으로 방향을 틀었다. 재경이 부모님을 따라 다닌 고속도로 휴게소처럼 크고 웅장하지는 않았지만 재경은 어쩐지 어른이 된 기분이었다. 널따란 주

차 공간 가운데로 호두과자와 옥수수같이 간단한 간식거리
를 살 수 있는 매대가 이어져 있었다. 오른쪽으로 화장실이,
왼쪽으로 잡화를 파는 상점들이 눈에 띄었고 스피커에서는
처음 듣는 트로트가 흘러나오는 중이었다. 사람이 없는 탓에
음악 소리가 더 크게 느껴지는 휴게소는 아무도 찾지 않는 놀
이공원처럼 쓸쓸하고 고요했다.

　이든이 화장실을 간 동안 재경은 밖으로 나왔다. 차 문을
닫으니 휴게소 담장 너머로 큰 산들이 여러 개로 겹치며 서로
어우러진 풍경이 눈에 들어왔다. 종일 내린 비 때문인지 둘
러선 산들마다 바람꽃이 자욱했다. 재경은 "후." 하고 한숨을
쉬었다. 노크 소리와 함께 유리창이 흔들리는 것 같아 재경
은 좌석 쪽을 바라봤다. 아니나 다를까 할머니가 재경을 바
라보고 있었다. 재경은 차 문을 열었다. 설익은 더위를 품은
바람이 차 안으로 훅 들어갔다.

　"복잡할 것 없다."

　무슨 말이냐고 재경이 되물었다.

　"네가 생각하는 것처럼 세상이 복잡하게 돌아가는 것만은
아니라고."

　할머니의 눈짓을 따라 돌린 시선 끝에 이든이 이쪽을 향해
손을 흔드는 모습이 보였다. 호두과자 상점 앞에서 호두과자

를 먹을 생각이 있는지 묻는 것처럼 손가락을 뻗고 있었다.

"호두과자, 먹겠다고 해. 할머니가 먹는다고."

재경은 할머니 쪽을 의아하게 쳐다보며 물었다.

"할머니 호두과자 안 먹잖아."

"이참에 먹어 보지 뭐, 호두과자."

재경은 이든 쪽으로 몸을 세우고 크게 원을 그렸다. 이든이 재경을 향해, 얼른 사서 가겠다는 뜻으로 양팔을 저어 보였다. 재경이 고개를 크게 끄덕였다.

평생 좋아해 본 적 없는 호두과자를 먹겠다는 할머니, 용인에서 포천까지 운전을 해 할머니를 할아버지와 만나게 해 주겠다는 이든, 두 사람 사이에서 둘을 물끄러미 바라보는 재경. 믿어 주는 것과 믿는 것에 대한, 그런 이상한 시간들이 지나가고 있었다.

*

요양원은 '입구'라고 쓰인 표지를 두 번 지나고도 산길을 한참 동안 들어가서야 나왔다. 요양원 앞쪽에는 코로나 바이러스 관련 안내 문구가 적혀 있었는데 이든은 그 문구를 찬찬히 보는가 싶더니 이내 차를 천천히 몰아 안쪽으로 들어가 세

왔다.

"내가 가서 안쪽 상황을 좀 볼게. 여기서 기다려."

"이든아. 먼저 나를 차에서 좀 내려 주련?"

할머니의 말에 이든이 뒷좌석으로 고개를 돌리며 끄덕였다. 이든은 재경 쪽에도 눈길을 주었고 그 뒤에는 비장한 표정으로 운전석에서 내렸다. 재경이 차에서 내리며 가장 놀라웠던 점은 할머니가 이든을 에덴으로 부르지 않았다는 사실이었다. 할머니의 목소리도 전과는 미묘하게 달랐다. 평소처럼 침착한 듯 보였지만 어딘가 긴장되어 있었다. 그사이 이든은 트렁크에서 휠체어를 챙겨 왔고, 느린 동작으로 할머니를 휠체어에 올렸다. 할머니는 요양원 건물을 빤히 바라보았다. 건물 뒤로 푸른 산이 겹쳐진 모습에서 눈을 떼지 못했다. 일부러 웃지 않는 할머니의 표정은 재경으로 하여금 할머니의 말을 떠올리게 만들었다. 겉에 드러나는 모습만으로 타인의 감정을 속단할 수는 없는 일이라던 말. 그걸 인정하자 재경은 지금까지 봐 왔던 할머니의 모습도 할머니의 일부에 불과했다는 사실을 비로소 깨달을 수 있었다.

"할머니, 산책이라도 할까?"

할머니는 천천히 고개를 여러 번 끄덕여 동조했다. 할머니답지 않게 긴장한 탓에 눈꺼풀이 여러 번 떨렸다. 이든이 건물로 들어가 할아버지를 뵐 수 있는지 알아보겠다고 눈짓했고 재경은 살짝 고개를 끄덕여 답을 한 뒤에 휠체어 손잡이를 잡은 손에 힘을 주었다. 이든은 주차장을 가로질러 길게 난 계단을 향해 총총거리며 뛰어갔다. 재경은 휠체어가 통과할 수 있도록 만들어진 비탈길을 따라 천천히 움직였다. 탄성재 바닥 덕분에 바퀴를 굴리기에 힘들지 않았다. 비탈 오른쪽으로는 요양원 환자들을 위한 산책로가 마련되어 있었다. 요양하는 사람 대부분이 노인이나 몸이 아픈 사람들이어선지 산책로는 힘들지 않았고, 길 중간중간 정갈하게 정리된 정원의 나무들이 눈에 띄었다. 할머니가 큰 숨을 들이쉬었고 재경이 대답하듯 숨을 깊게 내쉬었다. 숲에서 뿜어 나온 선선한 공기가 코를 타고 들어와 몸속을 간질였다.

내친 김에 마스크를 벗고 다시 숨을 크게 들이 쉬었다. 답답했던 속이 뚫리는 느낌이었다. 밖으로 나와 큰 숨을 쉬는 게 대체 얼마만이었을까. 우리가 갑자기 각자의 공간에 갇혀 살며 잃어버린 건 또 얼마나 많았을까. 할머니는 산책로를 천천히 한 바퀴 돌았으면 좋겠다고 했다. 재경이 그러자고 답했다.

이든에게서 전화가 왔을 때 재경과 할머니는 비탈길을 거의 올라 요양원 사람들이 오가는 정원에 도착해 있었다. 재경은 잠시 휠체어에서 손을 놓고 이든의 전화를 받았다.

"와서 명부 작성하고 예약해 둔 가족 한 명만 실리콘 판으로 가려진 방문실에서 면담이 가능하대. 그런데……."

"그런데?"

"그런데 면역력이 약한 노약자나 청소년은 면담이 어렵대. 이건 말을 안 해 줘서 몰랐지."

재경이 할머니 쪽으로 고개를 돌렸다. 할머니는 고개를 들고 눈을 길게 뜬 채 어딘가에 시선을 두고 있었다.

"할머니."

재경이 말했지만 할머니는 알아듣지 못하는 사람처럼 보였다.

"할머니, 저기……."

할머니는 물끄러미 한곳만 응시하고 있었다. 재경도 할머니의 시선을 좇았다. 할머니의 시선 끝에, 푸른 나무 사이에 있는 그네에 앉아 이쪽을 보는 사람이 있었다. 재경의 할아버지였다. 전보다 몸이 마르고 피부도 검어졌지만 눈동자는 또렷하게 이쪽을 바라보고 있었다. 아니, 할머니를 바라보고 있었다.

휠체어에 앉은 할머니가 느리게 손을 뻗었다. 할머니의 깊게 주름진 눈가에 옅은 눈물이 차올랐다. 따뜻하고 부드럽게 내려앉은 햇살의 조각이 할아버지를 감싸고 있었다. 재경은 휴대 전화에 대고 속삭이듯 말했다.

"이든아, 이쪽으로 좀 와."

모든 것이 규칙대로 되면 좋으련만. 세상에는 규칙대로 되는 게 별로 없다. 규칙대로였다면 셋은 할아버지를 만나지도 못하고 돌아왔을 터였다. 규칙을 어긴 덕에 할머니는 할아버지의 곁에서 이야기를 나누고 있었다. 이상하다고 생각한 것들을 받아들일 필요가 있다는 것, 이상하지 않다고 생각한 것들을 의심할 필요가 있다는 것, 재경에게 이 순간은 그런 식으로 받아들여졌다.

재경은 할머니의 눈물을 처음 본 것만으로도 무언가 벅찬 기분이 마음을 채우는 것을 가만히 느꼈다. 할머니는 할아버지 앞에서 정말 환하게 웃었다. 체념이나 긍정 같은 단순한 단어로는 정의할 수 없을 정도로 빛이 났다. 그 웃음은 많은 것을 담고 있었지만 그렇다고 어렵게 느껴지지도 않았다. 이윽고 두 분이 아무 말도 하지 않는 순간이 찾아왔다. 그러나 재경은 침묵 속에서 두 분이 모든 말을 나누고 있는 것을 느꼈다. 살갗에 닿는다는 게 저런 건가.

재경은 옆에 서 있던 이든의 팔목을 부드럽게 잡아끌었다.

"구름이나 보러 갈까?"

재경의 말에 이든이 입술을 꾹 닫으며 눈으로 웃었다. 이든이 재경을 앞질러 크게 뛰어갔다.

그 장면을 보면서 재경의 머릿속에 떠오르는 이든의 말이 있었다. 장대높이뛰기에서 가장 중요하다고 했던 것이, "높이 뛰는 것보다 빨리 달리기"라던 말. 어째서 여태껏 기억나지 않았을까 싶을 정도로 선명한 말이었다. 스피드를 내는 것이 도움닫기가 되어 중력을 거스를 수 있다는 말. 중력을 거스르려면 엄청난 힘이 필요한데 그래서 빨리 뛰는 게 오히려 가장 중요하다는 말. 그런데 그것보다 중요한 건 정확히 뛰는 거라는 말. 천천히, 정확히 연습해야 빨리 뛸 수 있다는 말.

"이든아. 넌 왜 중력을 거스르고 싶어?"

한 걸음 앞에서 재경을 기다리던 이든이 재경 쪽으로 몸을 돌리며 말했다.

"원래 인간은 하지 말라는 짓을 하면서 성장해 왔잖아. 나한테는 장대높이뛰기가 그런 거야."

이든이 밝게 웃으며 말했다. 그 웃음이 주변 공기로 번져 나갔다. 그때 재경의 머릿속에 떠오르는 말이 있었다. 이든의 영상을 본 날, 이든의 연습 경기를 보러 가는 길에 할머니가 해 준 마지막 이야기.

"예전에는 네 할아버지하고 정말 많이 싸웠다. 대부분은 오해였고 말로 풀어질 수 있는 것들이 아니라고 생각했다. 그래도 말이야, 기다리면 시간이 해결해 주는 것들이 있었어."

재경이 할머니를 바라봤을 때 할머니는 이렇게 마지막으로 덧붙였다.

"할아버지뿐이었을까, 너희 아빠나 고모와도, 엄마와도 말이야. 인간은 원래 자기가 옳다고 생각하기 때문에 남들과 싸워. 내 영역과 다른 사람들의 영역이 부딪히는 거지. 덕분에 그러면서 새로운 색깔들이 만들어진다. 그 사람을 곁에 두고 계속 잘 싸워 봐라. 싸움을 무서워하지 말고, 성급하게 결단을 내리지도 말고. 그게 우리 인간들에게 선물처럼 주어진 애정의 비법이야. 계속, 끈질기게 기다려 주는 것 말이야."

기다리던 이든이 이쪽으로 달려오는 것이 재경의 눈에 보였다. 이든의 위로 선명하고 커다란 무지개가 떠올랐다. 한번도 본 적 없는 정말 거대한, 또렷하고 군더더기 없는 무지개가 색깔을 선명하게 내보이며 재경의 앞에 있었다. 선명했지만 무지개는 그동안 배워 온 일곱 가지 색이 아니었다. 색의 사이사이에 다른 색상들이 혼재되어 있었다. 그 복잡하게 섞인 색상들마저 또렷했다. 이든처럼 중력을 거스르며, 재경처럼 다시 순응하며, 그렇게 만들어진 프리즘의 색이 수백 개쯤은 되어 보였다. 재경에 대한 이든의 마음도, 재경과 이든의 관계도, 그런 수백 개의 색상 어딘가에 있는 게 아닐까.

재경은 이든에게 고개를 돌려 무지개를 보라고 손짓했다. 이든이 뒤를 돌아 하늘을 응시했다. 그러더니 양팔을 활짝 뻗었다. 무지개가 뿜는 다채로운 빛을 받아 품에 안듯이. 재경이 그 모습을 보며 이든의 옆에 가서 섰다. 재경은 그 순간 자신이 커다란 무지개 안에 이든과 함께 들어 있다는 걸 깨달았다. 같은 모습으로, 서로 바라보고 웃음을 띠면서, 함께 손을 내밀며.

작가의 말

집 안에서 대부분의 시간을 보내야 했던 여름의 한낮에 텅 빈 운동장을 물끄러미 바라보다가, 빗속에서 쉼 없이 트랙을 달리는 한 사람을 떠올렸습니다. 다음 날도, 그다음 날도 그는 트랙을 돌고 있었는데, 어느 날인가 그를 바라보는 한 사람이 함께 그려졌어요. 진심을 다해 그를 응원하는, 그의 친구였죠. 물론 현실의 운동장에는 아무도 없었습니다. 사람이 없는 운동장, 조용한 거리, 모든 것이 멈춰 버린 시간. 그 풍경이 익숙해지고 사람 만나는 기회가 줄어들면서 문득 그런 생각이 들었어요. 우리는 어떻게 친해지고, 어떻게 관계를 맺고, 어떻게 함께 살아왔더라. 그것이 트랙을 도는 이든과 이든을 바라보는 재경을 글로 옮기게 된 계기입니다.

소설 속 할머니는 재경에게 '서로 다른 생각들이 부딪히더라도 무서워 말라.'고 말합니다. 우리는 저마다 자신의 고유한 빛을 뿜어내며, 서로 다른 빛들과 산란하게 뒤섞이는 시간을 겪으며 계속 함께 살아갈 겁니다. 그러니 우리 모두 곧 찾아올 우리의 시간을 기꺼이 온몸으로, 찬란한 빛으로 맞이했으면 좋겠습니다.

07

2077년, 풀백 소년과
2루수 소녀

임승훈

2011년 《현대문학》 신인 추천에 단편 소설 〈그렇게 진화한
다〉가 당선되면서 작품 활동을 시작했다. 지은 책으로는 소
설집 《지구에서의 내 삶은 형편없었다》 등이 있다.

1

2077년, 인류는 모두 같은 얼굴로 살아가고 있다. 2015년, '대한민국 서울시 종로구 혜화동'에서부터 퍼진 SH바이러스 때문이다.

SH바이러스의 치사율은 0퍼센트. 어떤 물리적 고통도 없다. 다만 그 병에 걸린 사람들은 모두 같은 얼굴로 변할 뿐이다.

그것은 10대 후반의 한국 남자 얼굴. 그 얼굴은 마치 바늘에 잉크를 묻혀 그린 듯 불안하고 섬세했다. 피부는 창백하고 입술은 붉었다. 눈동자는 까맣고 손가락 끄트머리가 뾰족했다. 홀로그램인 양 소년처럼 보이다가도 소녀처럼 보이기도 했다. 이 세상의 모든 희망이 압축된 것처럼 보이다가 돌연 모든 희망이 사라진 것처럼 보이기도 했다.

어쨌든 조금 슬프고, 조금 투명한 얼굴이었다.

2016년 2월, SH바이러스는 일본과 중국으로 퍼졌다. 2016년 7월 독일과 오스트리아, 같은 해 9월 미국, 같은 해 9월 볼리비아와 아르헨티나, 같은 해 10월 에스파냐와 프랑스, 같은 해 10월 브라질, 다음 해 2월 아프리카, 3월 중동까지 바이러스는 확산됐다.

전염병은 잠잠하다가 다시 나타났다. 어느 한 지역을 모조리 전염시켰다가 1~2년 동안 사라지기도 했다.

하지만 골판지에 젖어 드는 물처럼 이 기괴한 바이러스는 인류를 조금씩 잠식해 갔고, 결국 2028년 9월 27일 18시 2분, 인류의 마지막 다른 얼굴인 멕시코계 미국인 편집자 다니엘라 데 헤수스 코시오마저 어느 10대 동양 소년의 얼굴로 변해 버리고 말았다.

이로써 인류는 단 하나의 얼굴만을 갖게 되었다. 그것은 지구에 내려진 거대한 은유처럼 보였다.

라고.

현재 우리 인류의 역사를 뭉뚱그려 말할 수 있을 것이다. 얼굴의 단백질이 재편되었다니. 그 이전의 세계라니. 2077년인 현재 관점에서 보면 머리론 이해돼도 도저히 공감하지 못하겠다. 그럼 내 얼굴은 원래 다른 얼굴이었어야 한다는 건가?

이쯤에서 설명하겠다.

현재 시간은 2077년, 가을, 2학기, 얼마 전에 개학했다. 아직 중간고사는 멀었다. 곧 운동회다. 운동회까지 남은 시간은 3주.

이 얘기를 하고 있는 나는 올해 고등학교 2학년, 성적은 그저 그렇다. 추리 소설을 좋아한다. 축구 포지션은 우측 풀백. 지독한 만성 비염. 다섯 살 때 심장 이식 수술했음. 특기는 프렌치 토스트. 이름은 유아인. 엄마와 할머니와 살고 있다. 참고로 엄마 이름은 정유미.

내 이름은 할머니(정확히는 엄마의 엄마니까 외할머니라고 해야 할 것이다. 그렇지만 내게 그녀는 유일한 할머니이다.)가 지었다고 한다. '유아인'은 할머니가 젊은 시절 좋아했던 배우다. 어찌나 좋아했던지 할머니는 열일곱 살 어느 여름, 비가 무척 내리던 그 어느 날, 문득 유씨 성을 가진 어느 멀끔한 남자와 결혼해 아이 이름을 유아인으로 지어 주는 상상을 하고 말았다. 그건 상상만으로도 너무 달콤하고 너무 애틋해서 할머니는 마치 은혜 갚은 두루미처럼 그 소망을 소중하게 간직해 왔다. 그렇지만 이 세상에는 소망보다 강력한 운명이라는 게 있는 법이다. 몇 번의 연애 끝에 할머니는 정종필이라는 남자와 결혼을 하게 된다. 그래서 우리 엄마 이름은 정유미가 되었다. 다행이라고 해야 할까? 엄마는 유씨

성을 가진 남자와 맺어져 나를 낳았다. 그런 나에게 할머니가 유아인이란 이름을 지어 준 거다. 말하자면 열일곱 살의 소망을 가까스로 이룬 거라고 해야 할 것이다.

할머니의 표현에 따르면 유아인은,

살얼음이 낀 계곡물

을 찍은 흑백 사진 같은 사람이라고 했다.

당신들도 이게 무슨 말인가 싶을 거다.

"할머니, 너무 복잡해! 대체 그런 설명을 어떻게 알아들으라는 거야?"

내가 했던 대답이다.

"하지만 말이다······."

"응?"

"이 할미는 저기서 한 단어도 뺄 생각이 없다."

그리고 덧붙였다.

"이 빌어먹을 전염병만 아니었으면 말이다. 유아인만큼 멋진 배우도 없었을 게다. 그분이 이따위 허여멀건 울적한 얼굴로 변했다니. 그야말로 인류가 죄받은 거라고 할 수 있지 않겠니?"

우리 할머니. 이름은 유현아. 그녀는 당최 고집이 센 사람이었다. 그 고집 때문에 온 동네 사람들하고 한 번씩은 싸웠을 정도다.

그렇지만 또, 우리 할머니는 허튼소리 하지 않기로 유명한 사람이기도 했다. 물론 허튼소리 하지 않고 고집 센 사람답게 친구가 없었다.

최근 할머니는 매일 동사무소에서 운영하는 전화 심리 상담소를 이용하고 있다. 엄마 말로는 할머니가 부쩍 외로움을 타는 것 같다고도 한다. 아마 나이가 들어서 그런 거라고. 그렇지만 실제로는 꼭 나이 때문인 건 아닐 것이다. 왜냐하면 2주일 뒤면 엄마와 할머니는 캐나다로 이민을 가기 때문이다.

나는 떠나지 않기로 했다. 나도 할머니와 비슷하게 고집이 세고, 겁이 많기 때문이다.

요즘 할머니와 얘기를 많이 한다. 노인들이 다 그렇지만 그녀도 매일 했던 얘기를 또 하곤 한다. 결국 늘 과거의 배우 유아인 얘기다. 그러다가 귀결은,

"아인아, 너 한국에서 혼자 잘 살 수 있지?"

라고 물어보고,

곧

"암, 잘 살 수 있을 게다. 그 이름이 어떤 이름인데."

라고 자문자답한다. 그러다가 또 내 가슴께를 어루만지면서

"여긴 안 아픈 거지?"

라고 말하고,

또다시 곧

"암, 끄떡없지. 쿵쿵쾅쾅 잘도 뛰는데."

라고 또다시 자문자답을 한다.

나는 알고 있다. 할머니가 배우 유아인을 말하는 건, 유아
인이란 이름을 떠올리기 때문이고, 유아인이란 이름이 할머
니 머리에서 한시도 떠나지 않는 건, 이제 곧 나와 이별하기
때문이다.

고집이 세고, 솔직히 말하면 성격이 그다지 좋은 거 같지
않은 할머니. 그렇지만 나를 사랑하는 할머니. 외손자가 너
무 사랑스러워서 자신이 젊은 시절 가장 좋아했던 배우의 이
름을 붙인 괴짜 할머니. 예민한 내가 울면 나를 업고 불편한
왼쪽 다리를 절뚝거리며 동네를 온종일 걸었다는 할머니. 그
럼에도 종종 내 얼굴을 뚫어져라 쳐다보다가 한숨을 푹푹 내
쉬곤,

"참, 그 아름다운 분이 이렇게 매력 없는 꼬라지가 되어 버
리셨다니……."

라고 꼭 한마디는 덧붙이는 할머니. 아니 늘 그렇게 한마디
를 덧붙여야 속이 후련해지는 할머니. '대체 매일 상담 받으

면서도 저 성질머리는 뭐가 개선된 거야?'라고 생각하다가
도 또 어쩐지 할머니를 떠올리다 보면 참을 수 없이 찡하고
짠한데, 또 그러다가도 귀신처럼 순식간에 내 기분이 나빠지
게 만드는

할머니.

우리가 헤어지기까지 2주일. 운동회까지는 3주일.

2

매력 없는 꼬라지라니…….

그럼 대체 매력 있는 꼬라지가 뭔지 알기 위해 유아인을 검
색해 본다. 어릴 때부터 수도 없이 찾아본 얼굴인데도 도무
지 이해할 수 없다. 이게 매력 있다는 건가? 그를 좋아하는 사
람도 많았지만, 그만큼 싫어하는 사람도 많았다고 했다. 매
력이란 그런 건가?

내게 그는 다른 종의 유사 인류처럼 보였다. 이를테면 오
스트랄로피테쿠스나 호모 에렉투스나 호모 사피엔스나 호
모 사피엔스 사피엔스 같은, 뭐랄까 그런 유사 인류.

그도 그럴 법했다. 할머니 세대가 젊었던 어느 날, 인류는

그 SH라는 것 때문에 같은 얼굴이 되었으니까. 이전까지 인종에 따라, 지역에 따라, 부모에 따라 외모가 천양지차였던 그들은 느닷없이 하나의 얼굴로 통합되었으니까.

그 이후 두 세대나 흘렀다. 우리 엄마도, 아빠도 이런 세계에서 태어났다. 나도 그렇다. 지금의 내겐 이렇게 똑같은 얼굴로 태어나고 살아가는 게 더 자연스럽다. 대체 이전 시절의 인간들이 모두 인종이 다르고 얼굴도 달랐다는 게 믿기지가 않는다.

모두 다른 얼굴이라니? 마치 동물처럼 말이지? 다윈의 핀치 새가 모두 다른 부리를 가지고 태어나고, 도마뱀이 모두 다른 색깔로 태어나는 것처럼?

그 풍경을 떠올린다. 나는 왠지 그 모든 게 원시적으로 느껴진다. 그건 인류적인 그림처럼 느껴지지 않는다. 이런 걸 미개라고 할 수 있는 걸까?

그렇다면, 그 시절 인류는 미개해서 유아인이라는 사람의 얼굴을 동경하고 미워했던 걸까?

SH바이러스에 인류가 감염된 이후 유아인도 종적을 감췄다. 그는 바이러스에 감염된 이후 전 재산을 처분하고 지구 어딘가로 떠났다고 한다.

"그리고, 그이는 영영 돌아오지 않았단다."

그이는 물론 유아인이다. 그이라고 말하는 사람은 물론 우리 할머니이고.

사실 나는 '같은 얼굴'이라는 표현에도 불만이 있다. 아니 나뿐만이 아니다. 지난 학기의 중간고사는 '같은 얼굴'이라는 용어가 아직도 유효한지를 토론하는 거였다. 우리는 모둠끼리 둘러앉아 갑론을박을 벌였다.

"대체, 왜 아직도 다들 '같은 얼굴'이라고 하는 거야? 우린 같은 얼굴이 아니잖아."

라고 경민이가 말했다.

맞는 말이었다. 우리는 같은 얼굴이라고 할 수 없었다.

이쯤에서 조금 더 설명이 필요한 것 같다. 이 '같은 얼굴'은 사실 관용구이다. 인류가 SH바이러스에 점령당한 뒤(할머니는 늘 "이 꼬라지가 된 후"라고 했다.), 할머니 세대가 붙인 용어였다. 그들에 따르면 우린 모두 똑같이 생겼다는 것이다.

그들 기준에는 그게 정당한 표현일 수도 있다. 그들의 시대에는 인간이라고는 해도 개개인에 따라 천차만별로 생겼었으니까.

그러니까 말이다. 그들 기준엔 이후의 인류는 너무 획일적인 외모를 가졌다는 말이다. 그것도 웃긴 소리다. 내겐 마치

그게 장아찌가 된장찌개에게

"넌 너무 싱거워. 호박과 두부가 둥둥 떠다니는 뜨거운 맹물이야."

라고 하는 듯한 느낌이다. 우리가 지나치게 똑같이 생긴 게 아니라, 댁들이 지나치게 제멋대로 생긴 건데요?라고 그 시절을 그리워하는 사람들에게 말하고 싶다.

그런 그들이니 '같은 얼굴'이라고 스스럼없이 말했겠지. 하루에도 열두 번씩 '같은 얼굴'이라는 표현을 쓰면서, 인류가 이렇게 변해 버린 게 지구 멸망이라도 되는 것처럼 울고불고했겠지.

그렇다. 아무리 노인들이 우리를 '같은 얼굴'이라고 규정하고 싶어 해도, 사실 우린 같은 얼굴이 아니다. 그렇잖은가? 다들 성격이 다르고, 성격이 다르니까 표정도 다르고, 표정이 다르니까 주름도 다르다. 어떻게 먹고 사는지에 따라 키도 다르고 체형도 다르고 피부 상태도 다르다.

아무튼 그러다 보니까 다들 풍기는 분위기도 뉘앙스도 다르다. 누가 누군지 알아보는 건 어렵지 않다.

내가 이렇게 얘기하면 노인들은 또 이렇게 말하겠지.

"어렵지 않아야 하는 게 아니라, 당연히 쉬워야 하는 거잖느냐."

그리고 꼭 이렇게 덧붙이더라, 꼭 수학 공식처럼.

'개성'이 없다고.

그들 세대는 다들 개성에 억하심정이라도 있는 모양이다. 대체 개성이 뭔 개밥 같은 소리람? 사전에서 아무리 찾아봐도 납득이 안 된다. 개성? 어차피 우린 그들 표현에 따르면 다들 '같은 얼굴'이지만, 그럼에도 각자 알아서 잘 살아간다.

알아보는 게 어렵지 않은 게 그렇게 이상한가?

그럼 이건 어떨까? 우리 반 친구들의 3분의 1은 휘혈이거나 하랑이다. 김휘혈, 박휘혈, 오휘혈, 정휘혈. 조하랑, 김하랑, 이하랑, 송하랑 등등. 예전에 유행했던 이름이라고 한다. 반휘형, 윤하랑. 굉장히 유명한 사람들이었나 보다.

아무튼 이 비슷비슷한 이름을 두고 아무도 부자연스럽다고 느끼지 않는다. 왜 다들 비슷한 발음의 3음절로 부르는지 의문을 품지 않는다. 할머니 세대의 주장에 따르자면 내 이름은 개성 있게 유아인보검강준으로 해야 할 것이다(할머니가 좋아하는 옛날 배우들이다.).

결국 우린 조금만 노력하면 서로가 누구인지 알 수 있다는 거다. 그게 비록 요크셔테리어와 몰티즈를 구분하는 것만큼 쉬운 건 아니겠지만 그게 큰 문제라는 것도 아니라는 것이다.

중요한 건 이거다.

조금만 노력하면 돼라는 말.

사실 내가 하려는 이야기도 그런 것이다.

3

어떻게 시작해야 할까?

단도직입적으로 말해 보겠다. 나는 사랑에 빠져 있다. 물론 첫사랑은 아니다. 나는 또래에 비해 조숙한 편이고, 사춘기도 일찍 찾아왔다. 첫사랑은 초등학교 4학년 때였다. 대상은 나보다 두 살 많은 6학년짜리 옆집 누나인 줄 알았던 옆집 형이었다. 그 형은 미니스커트를 자주 입었고, 머리카락을 포니테일 스타일로 묶었다.

우린 종종 글러브와 야구공을 들고 나와 공원에서 캐치볼을 했다. 나는 나와 놀아 주는 누나(인 줄 알았던 형)를 좋아했다.

누나를 만날 때마다, 아니 만나기 반나절 전부터 심장이 쿵쉬쾅 쿵쉬쾅 뛰었다. 참고로 나는 다섯 살 때 심장 이식 수술을 받았다. 내게 심장을 건네준 사람은 화성 출신이라고 했다.

그렇다. 수금지화목토천해명의 그 화성 말이다(과거 어느 시절 명왕성은 행성의 자격을 박탈당했다고 한다. 하지만 2042년, 명왕성은 다시 태양계의 일원이 됐다.). 붉고 붉은 행성 화성. 이제 화성 정착지는 모두 폐쇄되고 500만 명이 넘는 이주민 또한 모두 지구에 귀환했다.

나는 그 화성 출신의 어느 기증자의 심장을 받게 된 것이다. 화성인들은 화성에 적응하면서 신체 반응이나 체질이 지구인과 달라졌다. 이주 2세대부터는 더욱. 특히 화성인 2세, 3세 들의 독특한 심장은 유명하다. 심장에는 두 개의 심방과 두 개의 심실이 있다. 간단히 말해 심방은 외부에서 피를 받아들여 심실로 보내는 역할, 심실은 심장 외부로 피를 뿜어주는 역할이다. 그런데 어떤 화성인들은 좌심실에 소용돌이 모양의 주름이 미세하게 잡혀 있다. 대략 화성 2세대의 7퍼센트, 3세대의 14퍼센트가 그러하다. 그래서 그들의 심장 소리는 대략 이렇다.

쿵쉬쾅.

쿵쉬쾅.

어쨌든 첫사랑이 끝난 건 어느 날 운동을 마치고 공원 화장실에서 오줌을 쌀 때였다. 그 누나가 내 옆의 소변기에 서더니 치마를 올리고 고추를 내놓았던 것이다.

그때까지 격렬하던 내 쿵쉬쾅 소리는 그 누나의 고추를 목격하는 순간 마치 폭설이 내리는 후쿠오카의 어느 산골짜기처럼 급격히 고요해졌다. 솔직히 그 정도쯤 되면 두근거림이 멈췄다기보다는 거의 심장 마비에 가까운 충격이었다고 말할 수 있겠다.

그렇지만 오해하지 않기를 바란다. 나는 성차별주의자가 아니다. 나는 아주 평범한 사내아이일 뿐이다. 대체로 평범한 사내아이들은 바지를 입는다. 치마를 입는다고 해도 롱치마를 고르는 편이다.

아주 오래전, 그러니까 1900년대부터 2020년대 전후까지만 해도 남자가 치마를 입는 건 금기였다고 한다. 그러다 SH바이러스가 퍼진 이후 태어난 우리 부모님 세대에 대변혁이 일어났다. 남성도 여성도, 노인도 아이도 구분 없이 옷을 입고, 구분 없는 헤어스타일을 했다.

우리 아빠의 젊은 시절 사진을 보면 팬티가 보일랑 말랑 할 정도의 짧은 미니스커트에 굉장한 높이의 하이힐을 신고, 마치 사자 갈퀴같이 풍성한 헤어스타일을 하고 있다. 아빠는 그런 모습으로 휘황찬란한 조명이 번쩍거리고, 108개의 금박 띠가 나풀거리고, 비명을 지르는 해골 스티커가 좌우로 붙은 드론 바이크 위에 걸터앉아 혀를 쭉 빼서 늘어뜨리곤 사진

을 찍었다. 할머니 말에 따르면,

"제정신이 아니었지. 뭐 하나에 꽂히면 아주 끝장을 보는 성격이었지."

그게 바로 우리 아빠. 꼭 똥꼬 치마(할머니 표현에 따르자면 그렇다.)를 즐겨 입어서 그런 게 아니라, 대체 뭐든 자기 멋대로였다. 멋대로인데 고집이 셌다고. 고집이 센데, 순수했다고.

"어느 정도로 순수했는데?"

"그러니까 느닷없이 13년 전에 보물을 찾겠다고 집을 떠난 거 아니겠니?"

"아니…… 할머니…….."

그건 순수한 게 아니라, 지능이 떨어지는 건데요?라고 말하고 싶었다. 실제로 그건 내 두려움 중 하나. 멍청하면서도 고집이 센 거. 둘 중 하나만 없어도 괜찮겠는데, 만약 나한테도 '멍청'과 '똥고집'이 있으면 나는 어떻게 되는 걸까? 내가 성적이 그저 그런 것도 멍청한 아버지의 유전자 때문이 아닐까? 그런 생각에 아버지의 지난 사진들을 샅샅이 훑어보며 덜떨어지지 않은, 그러니까 그나마 정상적인 인간의 흔적들을 발견해 보려 했다. 그건 두려운 탐색이었다.

나는 괜히 마음이 그래서 엄마한테 다가갔다. 엄마에게

는 다른 무엇이 보였을지도 모르니까.

"엄마. 엄마는 아빠가 왜 좋았던 거야?"

"글쎄. 좋은 이유 생각하려면 온종일 고민해야 할 거 같은데?"

"많아서?"

"생각이 잘 안 나서."

그 말에 내 낯빛이 어두워지면 엄마는 덧붙인다.

"착하긴 했지. 참 착했어."

"얼마나?"

"너 유치원 들어가기 전에 니네 아빠 친구가 아기 낳았다고 니 장난감을 몽땅 차에 실어서 친구에게 보냈을 정도."

그렇구나……. 그래서 내 어린 시절 장난감이 작은 플라스틱 공 하나를 제외하면 하나도 없던 거구나…….

"그것도 착한 거야?"

"아닐지도……. 그냥 얼빵한 건가?"

"그럼 또?"

"야구를 잘했지."

"그럼 왜 선수가 안 되구."

"그 정도는 아니었대."

아……. 그게 바로 우리 아빠. 뭐든 똑 부러지는 엄마랑 다른.

"난 그럼 엄마 닮은 거야?"

내가 이렇게 물으면,

"아니, 넌 참 니네 아빠처럼 자라는구나."

라고 대답하는 엄마. 엄마는 역시 할머니의 딸.

어쨌든 남녀를 막론하고 치마를 입던 유행도 한 세대가 지나 저물어 버렸다. 우리 세대에 이르러서는 다시 여자 옷, 남자 옷의 개념이 돌아왔다. 물론 할머니 시대처럼 엄격하지 않긴 하다. 패션에 관심 많은 남자 친구들에겐 과거 미니스커트 룩이 굉장히 레트로하고 세련된 스타일로 받아들여진다. 그럼에도 일반적인 남자들은 대체로 바지를 선호하는 편이다.

그러므로 내가 그 형을 누나라고 생각했던 건, 보편적인 경험에 입각한 것이었다. 그리고 내 사랑이 깨진 건 난 아직 동성을 사랑할 준비가 되어 있지 않았기 때문이다.

그로부터 몇 년이 지나고 두 번째 사랑이 시작된 것이다.

상대는 정아이유. 성적은 중상위권. 좋아하는 건 데스 메탈. 야구를 잘하고 포지션은 2루수. 특기는 무심한 듯 문득문득 드러나는 귀여운 표정(이 아닐까?). 조용한 성격.

우린 작년까지 다른 반이었다. 그 이전에는 다른 중학교

였다. 그녀는 중학생 때도 늘 조용하고 눈에 띄지 않는 편이
었다고 한다. 그렇지만 야구를 할 때만큼은 누구보다 빛났다
고. 그녀가 지키는 2루는 그 누구도 뚫지 못한다고. 그래서
야구 할 때의 별명은 '통곡의 2루'.

특히 정아이유와 중학교 동창인 고휘혈이 해 준 이야기가
기억에 남는다. 그건 중학교 3학년 운동회 때였다.

결승전.

정아이유와 고휘혈의 A반 VS 호타준족인 성휘혈이 이끄
는 Y반.

9회 말. 점수는 4 대 3으로 A반이 리드 중. Y반의 공격. Y반
의 2번 타자는 1루에 진출 중. 현재 카운트는 원 아웃. 9회 말
이므로, Y반의 공격을 잘 막아 내면 A반의 승리.

혹시 야구에 관심 없는 당신을 위해 더 간단히 설명해 보
겠다. 쉽게 말해, 두 번만 Y반의 타자들을 막으면 정아이유
의 A반이 운동회 우승을 하는 것이다. 아직도 헷갈린다면 이
것만 기억하자.

'Y반은 방망이로 친다. 정아이유의 A반은 던지고 잡
는다.'

아무튼,

그때 들어선 Y반의 태양, 3번 타자 성휘혈.

긴장되는 타석. 날씨는 선선하고, 가을 하늘은 공활한데 높고 구름 없고, 참새들이 쩍쩍 울고.

신중한 투수.

슉, 팡!

슉, 톡!

슉, 픽!

어느새 카운트는 투 스트라이크 스리 볼. 성휘혈은 스트라이크 하나만 추가되어도 아웃이다. 이제 쳐야만 한다. 그렇지만 그건 투수도 마찬가지다. 볼 하나만 추가 되어도 포 볼. 발 빠른 성휘혈을 순순하게 1루로 내보내게 된다. 정말 승부를 봐야 한다.

그 긴장감 때문일까? 투수의 손에서 볼이 미끄러진다. 성휘혈은 그걸 놓치지 않는다.

까앙!

성휘혈의 알루미늄 배트에 맞은 타구는 쭉쭉 뻗는다. 내야를 넘겨 외야 바닥에 떨어지고, 아주 큰 폭으로 바운드한다.

100미터를 12초에 뛰는 성휘혈은 1루를 단숨에 지나쳐 2루로 육박한다. 덩달아 1루에서 2루로 달렸던 이전 주자도 3루를 향해 질주한다.

그사이 공은 다시 한번 더 바닥에 튕기며 빠른 속도로 외야로 질주한다. 그런데 마침 공이 뻗은 그 자리에 고휘혈이 있었다. 그는 그저 이 모든 상황에 얼어붙어서 바들바들 떨다가(고휘혈의 말에 따르면 무심하고 시크하게 사색하던 중이었다고 한다.) 무심코 손을 뻗었다.

그다음부터는 그의 인생에서 가장 멋진 플레이가 펼쳐진다. 고휘혈의 글로브 안에 어느새 야구공이 들어와 있었던 것이다. 그 순간 마치 모세가 시나이산에서 하나님의 목소리를 듣는 것처럼, 어떤 외침이 들려왔다.

"고휘혈, 이쪽으로 던져!"

그건 정아이유였고, 고휘혈은 홀린 듯 그녀에게 송구했다. 그의 기억에 따르면 팔과 다리가 가장 이상적인 각도로, 마치 송곳처럼 공을 던졌다고 한다. 2루에 다가서는 성휘혈, 3루에 다가서는 또 다른 주자. 고휘혈의 송곳 송구를 정아이유가 부드럽게 받는다. 민첩하게 2루로 몸을 던지는 성휘혈을 잡는다. 아웃! 그러고는 침착한 태도로 3루로 공을 던진다. 또 아웃!

그렇게 보인중학교 추계 야구는 3학년 A반이 왕좌에 오르면서 마무리됐다는,

얘기,

를 고휘혈이 들려준 이유는 아무래도 내가 정아이유를 좋아

하기 때문이었다. 나는 그걸 고휘혈에게만 털어놨고 고휘혈은 신나서 그 전설 같은 더블 플레이를 들려준 것이다.

"이봐, 그뿐만이 아니다. 작년에도 굉장했다. 유아인 소년, 너는 작년에 못 봤는가? 아이유네 1학년 X반과 3학년 A반의 매치. 정아이유를 내세운 1학년 X반이 노련한 3학년 녀석들과 호각을 다투던 그 명승부를 말이다. 그 덩치만 큰 풋내기들이 아이유가 있는 2루에서 번번이 막혀서 주저앉는 꼴을 말이다."

나는 작년 운동회 이틀간 갑자기 몸살이 나서 쉬었다. SH 바이러스 때문인지 그 이후 세대는 원인 모를 고열에 종종 시달렸다. 이 고열을 우린 에이드라고 불렀다.

사실 에이드 상태가 그걸로 끝이라면 좋았을 것이다. 그런데 이 에이드는 전염이 됐다. 환자와 접촉한 사람 역시 반나절 뒤에 고열로 드러눕게 됐다. 이걸 동기화라고 불렀다.

동기화가 왜 발생하는지 이유는 알 수 없었다. 애초에 에이드는 바이러스나 세균에 의한 것이 아니기 때문이다. 어떤 검사를 해도 몸에 무슨 이상이 생긴 건지 발견할 수 없는 그런 기괴한 '상태'였다. 고장 난 게 아니었다. 그저 열이 나는 것이다. 왜인지 모르게.

그렇게 이유를 알 수 없이 찾아온 에이드는 이유를 남기지 않고 말끔히 회복됐다. 대략 일주일 정도 쉬면 자연스럽게 원래대로 돌아간다. 어떤 후유증도 없이.

그래서 에이드에 대처하는 방법은 간단하다. 그냥 환자를 격리시키기만 하면 된다. 대부분의 국가는 그걸 알기 때문에 고열과 몸살로 결석하거나 결근하는 것에 관대했다. 아니 관대한 정도가 아니라 에이드임에도 출석하거나 출근하는 걸 금지하는 규정이 많았다.

그렇다. 나는 운동회 축구 본선에 출전할 수 없었다. 그렇지만 나는 이 모든 일을 납득하기 힘들었다. 나는 축구 외에는 아무것도 잘하는 게 없었다. 좋아하는 거야 여러 가지가 있었지만, 남들에게 자신만만하게 말할 수 있는 재주는 그게 유일했다. 그렇다고 축구 실력이 운동선수가 될 정도로 특출난 게 아니었다. 그건 그야말로 운동회용이었다. 그 운동회야말로 내가 유일하게 빛나는 순간이었다. 내 열망 덕분인지 우리 반은 무사히 예선을 통과했었는데…….

아무튼,

"정아이유 인기 많았겠네?"

내가 물었고, 고휘혈이 고개를 가로저었다.

그러자 그의 이마에 달린 작은 방울들이 차르르 울렸다. 그날 고휘혈은 손톱만 한 방울이 빼곡하게 달린 머리띠를 하

고 왔다. 그는 매번 괴상한 패션을 착용했다. 그날의 콘셉트
는 '가야국'이라고 했다. 신라에게 멸망한 가야. 그래서 그런
지 금빛으로 번쩍이는 도포도 걸치고 있었다. 아무튼 고휘혈
은 이렇게 대답했다.

"아니, 그건 좀 미묘한데."

"미묘?"

"어어, 아무래도 말이다. 그날을 제외하면 아이유는 대체
로 곤약 같은 아이니까. 있는지 없는지도 잘 모르겠고."

"그래도 그렇게 멋있는 모습을 보여 줬는데?"

"아인 소년, 너도 축구 잘하잖아?"

이놈이 무슨 말을 하려는지 금세 깨달았다.

"그게 뭐?"

"아인 소년, 너도 인기 없잖아?"

짜증 나는 놈.

"아니, 근데 나는 인기가 없으면 없다, 딱 이렇게 말할 수 있
잖아. 그런데 아이유는 미묘하다며? 그 말이 좀 이상하니까
그렇지."

"그렇지. 그렇지. 미묘하단 말이야. 미묘한 거란 말이지.
아무래도 그런 모습을 보여 줬으니까 말이야. 사실 종종 관
심 있는 애들이 있었거든."

"근데?"

"그런데는 뭐. 우리도 아이유가 그런 앤 줄은 3학년 그날 처음 알았다. 평상시에는 보이지도 않는데 말이지. 아니 3학년 그날의 활약이 있기 전까지는 야구를 잘하는 것도 몰랐잖느냐. 그렇지만 말이다. 이봐, 아인 소년, 정아이유는 야구를 제외하면 뭐 하나 눈에 띄는 게 없는 애란다. 그걸 무릅쓰고 막상 얘기해 보면 애가 워낙 심심하다. 이래도 흥 저래도 흥, 이런 느낌이란 말이지. 그런 데다가 맨날 귀에 꽂고 있는 것도 무시무시한 음악이니까, 그걸 뭐라고 하더라?"

"데스 메탈?"

"그래, 그런 귀신 곡소리 같은 음악만 듣고 있는 걸 보면, 아무래도 사람 마음이라는 게 좀 식게 되지 않겠느냐?"

"아니, 내 말은 그러니까 뭐가 미묘한 거야? 그건 나랑 똑같잖아."

"아니야. 전혀라고 해야 할지, 아니 절대라고 해야 할지도 모르겠는데 말이다. 아무튼 절대 전혀 너랑 똑같지 않다. 아이유는 그냥 우리한테 관심이 없는 것 같다. 그렇지 않으면 너처럼 처참하게 인기 없지도 않을 게다. 넌 사람들한테 관심이 많잖느냐. 그런데도……."

"이 새끼가……."

고휘혈은 종종 사람을 질리게 한다. 아니 확 짜증 나게 한다. 불현듯 신경을 긁는 구석이 있다.

사실 남을 밥맛 떨어지게 하는 건 고휘혈의 특기다. 고휘혈에겐 세상 무엇이든 미물 같은 거니까. 그래서 그런지 자주 빈정거리고 무시하는 게 고휘혈이란 인간의 특징이다. 그게 아무리 절친 사이더라도……. 잠깐. 그가 말한 금세 질려 하고 흐리멍텅하고, 그러니까 곤약 같은 사람이라는 표현은…… 혹시 돌려 돌려 나를 까고 있는 건 아니지? 이런 개…….[7]

"어? 고휘혈, 나 좀 봐 봐."

라고 내가 고개를 돌렸을 때 그는 이미 복도 저 멀리 사라진 뒤였다.

아무튼 내가 본 아이유는 곤약은 당연히 말도 안 된다. 오히려 그녀는 덧칠하고 덧칠해서 단단하게 마감된 벽 같은 아이다.

4

이 김에 내가 왜 정아이유를 좋아하게 됐는지 말해야 할 것 같다. 아무래도 이 이야기는 그 이후부터 더 본격적이기 때문이다.

다시 1년 전으로 시계를 되돌려 보겠다. 기억하는지 모르겠지만, 이 이야기 서두에 "조금만 노력하면 돼."라는 말부터 시작하겠다고 했다.

그 말을 한 건, 정아이유다.

그것도 1년 전 운동회 첫째 날. 장소는 운동장 외곽의 정원. 정확히는 단풍나무 앞 벤치.

그렇다. 사실대로 말하자면 나는 운동회에 몰래 갔었다. 그래선 안 되는 걸 알지만, 궁금해서 견딜 수 없었다. 무거운 몸을 질질 끌고 가서 몰래 우리 반의 경기를 지켜봤다. 무참히 패하는 장면도. 내가 없는 자리도. 열 때문에 화끈거리는 눈두덩이를 문지르며, 하나도 빼놓지 않고 모두.

울적했다. 학교를 서성이며 집에 돌아가지 못했다. 그러다 내친김에 정아이유의 시합도 목격하게 된 것이다.

멋있었다, 정아이유는.

적어도 야구 시합할 때만큼은 반 친구들의 신뢰를 받고 있다는 게 눈에 보였다. 누구나 공을 잡으면 정아이유를 돌아봤다. 축구할 때 친구들이 나를 찾는 것처럼. 그러면 정아이유는 산뜻하고 절도 있는 동작으로 그 기대를 충족시켰다.

척, 하고, 착, 하고.

솔직히 말하면 그녀는 엄청난 운동 신경을 가진 것처럼 보이진 않았다. 누구보다 빠른 민첩성이라든지, 힘이라든지, 어깨 같은 거 말이다. 다만 이 비유가 적절한지 모르겠지만, 왠지 그녀는 야구라는 취미를 백 년 동안 즐긴 사람 같았다. 말하자면 누구보다 능숙한 아마추어랄까? 그런 사람만이 할 수 있을 법한 저 기묘한 여유, 저 기묘한 플레이. 그게 그녀의 야구였다.

저런 걸 나도 할 수 있을까? 잘 모르겠다. 그렇지만 시합 중 5초, 아니면 운이 좋을 경우 10초 정도는 가능하지 않을까? 그러니까 결정적인 한 번의 패스, 혹은 결정적인 한 번의 돌파 정도. 할 수 있겠지?

라고 생각하다가 곧 나는 다시 우울해졌다. 아니 난 그렇게 할 기회조차 잃어버렸구나……

안타깝게도 정아이유의 반은 패배했다. 최종 스코어 6대 3. 1학년 X반이 거둔 3점 중 1점은 정아이유가 낸 것이다.

시합이 끝난 뒤 정아이유는 잠시 2루 베이스를 발끝으로 문지르더니 슬며시 베이스의 흙 한 줌을 쥐어서 바지 주머니에 넣었다. 허리를 펴고 구령대 위의 태극기를 멍하니 지켜봤다. 가을의 바람이 불었다. 태극기가 기분 좋은 리듬으로 펄럭였다.

　왜 그런 걸까? 나는 문득 그녀가 외로워 보였다. 그런 직관
은 어디에서 온 것일까? 가을바람? 태극기? 그녀의 결연한
표정? 아니면 내 몸살? 잘 모르겠다. 그렇지만 그때 분명 나
는 그녀가 외롭다고 생각했고, 그 느낌에 일말의 의심도 없었
고, 아니 확신했고, 그게 왠지 슬펐다.

　그리고 다들 아시다시피 이런 격한 감정은 에이드에 아주
유해한 거였으므로, 나는 현기증이 나서 학교 정원에 들어갔
다. 수령이 150년이나 된다는 단풍나무 앞에 인적이 드문 벤
치가 있었다. 단풍나무 그늘에서 잠시 쉬어야지, 그런 생각
으로 벤치에 누웠는데, 눈을 떠 보니,

　황혼이 내리고 있었다. 그리고 그 붉은 하늘을 등지고 교
복 치마를 입은 누군가가 나를 내려다보고 있었다. 그 누군
가가 말했다.

　"운동회 다 끝났어."

　그때 나는 비몽사몽간이었는데, 그래서 그런 걸까? 나에게
어떤 신통방통한 능력이 생겼는지 모르겠다. 그 순간 나도
모르게 그녀에게 이렇게 말했던 것이다.

　"2루수?"

　내 말에 그녀는 잠시 멈칫하더니 피식 웃었다.

"어떻게 알았어?"

이상한 일이지. 그제야 나는 제정신이 돌아왔고, 대체 왜 나는 그녀에게 2루수냐고 물었는지 이해할 수 없었다. 더 신기한 건 실제로 그녀는 그 2루수였다는 점이다. 하지만 놀랄 만한 일은 여기서 끝나지 않았다. 이번에는 그녀가 말했다.

"너 Y반 유아인이지?"

큰일이었다. 나는 지금 어떤 상황인지 깨달았다. 에이드 환자인 내가 학교에 나온 걸 알면 징계를 받을 것이다.

"어? 아닌데. 나 고휘혈이야."

"또라이 고휘혈? 거짓말하지 마. 휘혈이는 나랑 중학교 3학년 때 같은 반이었어."

"어? 아닌데. 그러니까 내가 발음이 안 좋아서 그런 거라. 내 이름은 정확히는 고휘열이야. 열! 열! 혈이 아니라, 열!"

"몇 반?"

"G반."

"G반에 내가 아는 애 있어. 물어본다?"

"아니 G반 말고, Z반. 내가 발음이 안 좋아서. 평소에도 좀 심한데, 아니 에스페란토 선생님도 늘 나보고 웅얼거리지 말라고 야단도 좀 치고……."

"Z반에도 아는 애 있는데?"

망했다. 그 순간 내 머릿속에선 '학교 징계 -〉관리 부주의로 구청으로부터 엄마한테 벌금 통보 -〉엄마한테 야단 -〉다시 엄마한테 야단 -〉용돈 삭감 -〉이런 나를 두고 10년은 빈정댈 할머니 -〉캐나다로 끌려감 -〉왜인지 모르겠지만 캐나다에서 백수가 됨 -〉왜인지 모르겠지만 캐나다에서 감옥에 감 -〉왜인지 모르겠지만 애꾸눈이 됨 -〉왜인지 모르겠지만 늙고 비쩍 마른 개와 낡은 오두막에서 말린 생선을 뜯어 먹으며 쓸쓸하게 노년 보냄'이 연쇄적으로, 그러니까 이런 미치광이 같은 생각들이 아주 순식간에 펼쳐졌다. 아무래도 고열 때문에 내 전두엽이 고장 나 버린 듯했지만, 그때는 이상하게도 그 연상들이 너무 설득력 있게 느껴졌다. 그러니까,

제길, 세상 따윈 망해 버려라, 그런 심정이었다.

내가 말이 없자 그녀는 안타깝다는 표정으로 내 어깨를 툭툭 두드리며 위로하려고 했다.

"뭘 걱정하는 거야?"

그녀와 닿아선 안 돼! 닿으면 난 진짜 망한다! 그녀에게 전염시키면 난 진짜 캐나다로 끌려가. 외롭게 늙을 거야!

라는 어처구니 없는 공포에 극도로 휩싸여서 필사적인 마음으로 그녀를 피하려다가 벤치 뒤로 벌러덩 나뒹굴고 말았다.

아무래도 몸이 너무 무거웠기 때문이다. 어지러웠다. 황혼이 낀 하늘이 빙글빙글 돌고 있었다. 그때 내 몸을 일으키는 손길이 느껴졌다. 숨결도.

"너 에이드지?"

"어? 아닌데?"

"그런데 왜 코를 훌쩍거려?"

"나 지독한 만성 비염이야."

"나 지금 Y반 담인한테 달려간다? 유아인 여기서 봤다고?"

이쯤 되면 어쩔 수 없는 일이었다. 나는 인정하지 않을 수 없었다.

"실은 제가 유아인 맞습니다."

"왜 존댓말이야?"

"제발 꼰지르지 말아 주십시오."

"에이드 맞지?"

"맞아."

그런 내 인정에도 정아이유가 놀라지 않은 게 이상했다. 보통은 동기화 때문에 질겁하기 마련이다. 어쨌든 아프고 감금되는 건 누구나 싫은 거니까.

"2루수, 너 지금 빨리 양호실에 가 봐. 나 일으켜 세우면서 붙잡았으니까 너도 곧 열이 오르기 시작할 거야."

"유아인아, 내 걱정은 안 해도 돼. 난 이런 에이드 따위에 시달리지 않아."

"어?"

그런데 잠깐, 너무 뒤늦었지만 새삼스럽게 의문이 떠올랐다. 아니 대체 그녀는 왜 내 이름을 알고 있는 걸까?

"너 근데 어떻게 내 이름을?"

"글쎄. 대신 내 이름도 알려 줄게. 정아이유."

"정아이유."

"2루수이기도 하지만."

"2루 엄청났어…….."

"유아인아, 오히려 내가 묻고 싶어. 나를 어떻게 알아 봤지?"

"잘 모르겠어. 그냥…….."

"그냥?"

"응, 그냥 니가 떠올랐어."

그 말에 그녀는 조금 심각한 표정을 짓더니 눈을 몇 차례 빠르게 깜빡이곤 돌연 환하게 웃었다. 이번에는 피식 같은 게 아니었다.

그야말로,

활짝.

몇 시간 전 야구 시합에서 2루타를 때려낼 때도, 홈인을 했을 때도, 묵묵한 표정으로 맡은 바 소임을 다했던 정아이유였다.

어떻게 말해야 할까?

가을 하늘은 공활하고, 저 높은 곳까지 어쩌면 우주와 맞닿은 어느 지점까지 푹신푹신한 구름이 층층이 쌓여 있고, 그 구름에 진홍빛 저녁노을이 봉숭아 물들듯 퍼져 가고, 상쾌한 가을바람이 불고, 그 바람을 타고 개똥지빠귀 두 마리가 활강을 하고, 정아이유의 치마는 주름 하나 없이 잘 다려져 있고, 그녀의 무릎에는 서너 개의 멍이 있고, 그야말로,

툭 사랑에 빠지기 좋은 순간이었다.

그랬다. 나는 사랑에 빠지고 말았다. 이 아이, 정아이유에게.

툭,

하고.

심장이 뛰었다.

쿵쉬쾅, 쿵쉬쾅.

"그래, 유아인아, 칭찬해 줄게."

"어?"

"알아본 거 말이야. 물론 내가 먼저 알아봤지만."

"어?"

"너 오늘 축구 못 나온 거 아쉬웠어. 니가 제일 잘하는데. 그런데 말이야. 너……."

"어?"

"너무 애쓰더라."

"어?"

"유아인아, 조금만 노력하면 돼. 그렇게 확실하게 하지 않아도 된단 말야."

그리고 나는 더 이상 대답할 수 없었다. 모르겠다. 내가 정말 그런 생각을 하고 있었나? 너무 애쓴다고? 남들은 그런 걸 열정이니, 노력이니 하지 않나? 나는 그저 내가 더 잘하는 걸 더 잘하고 싶었을 뿐이다. 이게 위로받을 정도로 각박한 마음인가? 그저 내가 돋보일 수 있는 걸, 내가 열심히 한 걸 보여 주지 못한 게 분하고 짜증 났을 뿐인데 말이다. 그런데,

정말로,

이상하기도 하지.

정아이유의 말을 듣는 순간 눈물이 나올 것만 같았다. 그런 내게 그녀는 티슈 두 장을 손에 쥐여 줬다.

"너 빨리 집에 가. 에이드가 위험한 건 아니라곤 해도, 이상태로 돌아다니다가 어디 크게 다치겠다."

"어?"

노을. 학교. 가을. 바삭거리는 낙엽. 고열. 무릎에 든 서너 개의 멍.

어느새 밤이 됐고,

집에 돌아오는 길에 열이 조금 내렸다. 그제야 비로소 내가 캐나다에 끌려가고 고독하게 늙어 죽을 거라는 망상을 했다는 게 떠올라 헛웃음만 나왔다. 그건 에이드일 때의 전형적인 증상이긴 했다. 뇌가 고장 나는 것. 그래서 이상한 생각을 하고, 이상한 감정에 휩싸이는 것. 열이 내리자 내 측두엽과 해마는 원래대로 돌아왔다. 낡은 오두막에서 늙은 개와 여생을 보낼 거라는 공포는 환각 같은 거였다.

그런데…….

그럼에도 남아 있는 건…….

우리 집이 있는 골목길에 접어들자 할머니가 보였다. 아마 집에 있어야 할 내가 보이지 않아서 난리가 났을 거였다. 애초에 나는 우리 반 경기만 몰래 보려고 했지만, 그것도 지금에 와서 생각해 보면 처음부터 끝까지 어처구니없는 계획이었다. 고열에 머리도 몸도 핑핑 도는 상황에, 아무에게도 들키지 않고 사뿐히 왕복할 수 있다고 믿었다니. 선선한 바람, 밤의 골목길, 할머니와 나. 우린 나란히 걸으며.

"엄마는?"

"아직 퇴근 안 했다."

"말했어?"

"당연히 안 했지. 니네 엄마 성깔에 무슨 야단 맞으려고."

할머니가 다른 사람을 성깔이라고 부를 자격이 있는지 모르겠다. 아무튼 그 말에 난 피식 웃었다. 그러다 순간적으로 현기증이 올라왔고, 비틀거리는 나를 할머니가 부축하려고 해서 내가 막았다.

"할머니, 옮아."

내 말은 들은 척도 않고, 내 팔을 붙잡는 할머니.

"옮는다니까요."

"괜찮다. 그까짓 거. 어차피 이거 열만 나지 죽을 병도 아니잖느냐."

"아니 그래두…….'라고 말하면서도 다시 한번 나는 휘청거렸다. 이쯤 되면 어쩔 수 없는 건가 싶어서 나는 할머니에게 한 팔을 맡긴 채 걸었다. 그녀의 치마 아래로 슬리퍼를 신은 조글조글한 오른발이 일정한 리듬으로 모습을 드러냈다가 사라졌다. 그리고 그 오른쪽 복숭아뼈에 물들 듯이 맺혀 있는 시커먼 멍.

할머니는 자주 오른발을 다쳤다. 소실된 왼쪽 다리를 의족으로 대체했는데, 종종 그게 할머니 뜻대로 움직이지 않곤 했다. 그러면 기우뚱하다가 오른쪽 정강이나 발을 부딪쳤다.

"발목에 멍 뭐야? 또 다쳤어?"

"글쎄다. 어디선가 부딪혔나 보구나."

"기억이 안 나?"

"그러게 말이다. 이 나이 되면 자기도 모르게 무심코 생기는 멍들이 많은 법이지."

몇 시간 전, 황혼, 정아이유의 무릎에 난 멍이 떠올랐고.

"안 아파?"

"만지면 아프지."

"할머니."

"그래."

"할머니."

"응."

"아프지 마."

"그래."

"미안해."

"뭐가?"

"할머니, 나 때문에 며칠 뒤에 아플 거잖아."

"그까짓 거. 그걸 느이가 어찌 아누?"

"할머니. 알지, 그럼. 지금 내가 아프니까 알지. 에이드가 옳을 거라는 걸 알지. 열 나면 아플 거라는 것도 알지."

귀뚜라미가 울고. 창백한 가로등 불빛이 골목의 모서리마다 고이고.

"아인아."

"응?"

"내년에 정말 캐나다에 같이 안 가고 싶은 게야?"

"응. 여기 있을래. 할머니는? 할머니도 가고 싶지 않잖아."

"어쩌겠느냐."

"근데 왜……."

"니네 엄마를 혼자 어찌 보내겠느냐."

"나는? 나도 혼자 여기 있어야 하잖아."

"무섭니?"

"……사실은…… 응."

"유미도 그럴 게다. 미안하지만 아인아."

"응."

"아무래도 난 손자보다 딸이 더 눈에 밟힐 수밖에 없단다."

"응……."

"니 어미가……."

"응."

"여기서 많이 힘들어해. 유미의 마음에 무심코 멍이 많이 들었단다."

"아프겠지?"

"아프겠지."

"알아……. 나두…… 이해해……."

할머니는 나를 더 꽉 붙잡았다. 구름이 물러난 자리에 빼곡하게 별이 들어찼다. 너도 보고 있을까?

정아이유.

그게 벌써 1년 전.

물론 여기까지 내 얘기를 듣던 당신은 조금 의아할 수도 있다. 애초에 내가 앞에서 말한 "조금만 노력하면 돼."와 정아이유가 말한 "조금만 노력하면 돼."가 뭐가 같다는 걸까? 단어만 같을 뿐 의미는 다른 게 아닌가? 어렵다. 어려워. 왜 어렵게 얘기하는 거냐?라고 조금 짜증이 날지도 모르겠다. 하지만 조금만 기다려 주시길. 우리의 이야기는 아직 절반 이상이나 남았으니까.

아무튼 러브 스토리 서사에선 가장 고전적인, 두말할 나위 없이 강력한 플롯을 빼놓을 수 없는 법이다. 그것이 무엇이냐면,

바로 운명적 재회!

물론 정아이유와 나의 이야기에서도 마찬가지다. 그 가을 운동회로부터 다음 해로 시간은 흘렀고, 우리는 2학년 새학기를 맞이했고, 정아이유와 내가 무려 같은 반이 된 것이다. 바로 2학년 U반.

정아이'유', '유'아인, 우리는 '유'반. 이걸 운명이라고 하지 않으면 무얼 운명이라 부르겠는가? 운명? 아니다. 운명 + 유 = 윤명. 이제 나는 이걸 윤명, 윤명이라고 부르겠다. 로미오와 줄리엣? 개뿔. 그런 외모에 반하는 미개한 사랑 따위.

진짜 사랑은 비극적으로 시합에 불참한 비운의 우측 풀백과 데스 메탈 오타쿠 2루수 간의 사랑이다. 윤명이야말로 진짜다! 그리고 그건 이제부터 시작이다!

라고 바랐지만, 1학기 내내 나는 정아이유와 더 이상 가까워질 수 없었다.

그 상태로 두 달간의 여름 방학이 시작됐다. 한동안은 매일 비가 내렸다. 날이 맑은 날은 스콜이 쏟아졌다. 50년 전의 한국은 여름과 겨울이 길고 봄과 가을이 짧은 곳이었다고 한다. 그땐 여름 방학이 한 달이었다고 한다. 하지만 지금의 한국은 1년 중 절반은 여름이다. 그렇게 긴 무더위, 긴 장마, 긴 여름, 긴 여름 방학, 그리고 정아이유를 볼 수 없었던 길고 긴 두 달이 지나고 2학기가 되었다.

다시 1학기의 간절함이 재현될 거라는 우울과 정아이유를 다시 만난다는 환희가 마치 크리스마스 전구처럼 1초 간격으로 교차했다.

그런데 1학기의 우울은 단지 서막에 불과했다. 개학 뒤에는 우울이 아니라 절망적인 상황이 펼쳐지고 말았다. 그러니까,

정아이유가 사라진 것이다.

라는 가공할 만한 상태,

까지가 여기까지의 이야기.

5

그렇다. 정아이유는 사라졌다. 그렇지만 사라지지 않았다.

이게 무슨 말이냐면, 그 순간에도 우리 반에 있는 저 정아이유가 다른 사람이라는 말이다. 아무도 눈치챈 사람은 없지만 나는 알 수 있었다.

사실 이 시대엔 그렇게 드문 일은 아니었다. 같은 얼굴을 활용해 사람이 뒤바뀌는 범죄 따위는 종종 있었다. 그럴 법한 세상 아닌가?

물론 그게 또 그렇다고 아무나 바뀌어도 못 알아볼 정도로 쉬운 일이라는 건 아니었다. 이전에 말했듯이 이 시대의 얼굴들이 정말 컴퓨터 그래픽을 복붙한 것처럼 똑같은 건 아니기 때문이다.

그런데 그게 우리 반에서 일어난 것이다. 정아이유에게.

내가 어떻게 확신하느냐고? 그건 간단했다. 나는 사랑에 빠진 소년이었다. 내가 사랑하는 사람을 못 알아볼 리가 없지 않은가?

라고 말해서는 납득하기 힘들겠지?

라고 생각하는 당신은 아직 사랑을 경험한 적이 없는 풋내기다.

다만 아예 근거가 없었다는 건 아니라고 말해 주고 싶다. 정아이유에겐 정아이유의 표정이 있다. 표정이 없는 것이 정아이유의 표정이라고 하긴 했지만, 그녀가 정말 아무런 감정도 없는 인간이었다면 애초에 섬세한 풀백인 내가 반할 리가 있겠나?

물론 그건 쉽게 알 수 있는 건 아니다. 그녀는 대체로 가면을 쓴 것처럼 표정이 없으니까. 그렇지만 종종 그런 무표정위로 어떤 내면이 맺히곤 했다. 그녀의 섬세하고 가느다란 얼굴 근육 줄기를 따라 흐르던 어떤 마음들이 부지불식간에 카메라의 포커싱이 맞춰지는 것처럼 또렷해지는 것이다.

그럴 때는 주로 수업 시간이다. 모두가 칠판으로 시선이 향해 있는 그 순간. 아무도 정아이유를 보고 있을 거라고 생각하지 않는 그 순간. 그때 정아이유는 조금 자연스러워진다. 그녀는 수업 중 누군가가 바보 같은 짓을 하는 걸 보면 온 얼굴이 풀어지면서 아주 미세하게 입꼬리가 움직인다. 반 친구들이 몰래 코를 후빈다든가, 혹은 졸다가 가위에 눌려서 허우적댄다든가 하는 것들.

그걸 보는 정아이유는 비웃는 것도 아니고 한심하게 보는 것도 아니다. 굳이 말하자면, 귀여워하는 표정처럼 보인다. 마치 우리 할머니가 나를 볼 때처럼 말이다(할머니는 말을 함부로 해서 그렇지 기본적으로 나를 사랑한다. 그것마저 없었다면 정말 견디기 힘든 성격이다.). 그 대상은 꼭 반 친구들일 필요는 없다. 이유는 모르겠지만, 그녀는 선생님들에게도 종종 그런 표정을 비칠 때가 있다.

한편으로는 귀여워하면서도 허탈한 듯 보이기도 한다. 아니 지쳐 있는 것처럼 보이기도 한다. 자기 삶에 지쳐서 세상 무엇이든 빛나 보인다는 그런 표정 말이다. 말하자면, 왠지 그녀는 세상 다 살아 버린 사람처럼 보인다.

다 살았다는 표현을 막상 하니, 이게 맞는 건지 잘 모르겠다.

왜 그러느냐면 정아이유에겐 이상하게도 그런 사람 특유의 눅눅함이 없다. 혹은 울적함이 없다. 혹은 자기모멸이 없다.

그런 모습은 뭐랄까. 이렇게 비유해도 괜찮을까? 그것은 질감이란 차원에선 마치 바위를 투명하게 타고 흐르는 아주 작은 시냇물 같다. 양상이란 차원에선 얼어붙은 호수의 얼음 아래로 등지느러미를 스치며 지나가는 어름치의 그림자 같다. (이렇게 복잡한 비유를 하는 걸 보니 난 할머니의 DNA를 물려받은 게 분명하다.)

물론 이건 나만이 볼 수 있는 표정이다. 그녀에게 관심 있는 건 나, 유아인뿐이기 때문이다. 게다가 그 표정은 너무 미세하고 너무 순간적이어서 그녀에게 고도로 집중하는 누군가가(나 말이다.) 아니라면 도저히 포착할 수 없는 무엇이다. 그게 어느 정도의 순간이냐면, 스펀지에 물 자국 같은 거다. 물방울이 떨어졌다 싶은 순간 사라지는.

이왕 말하는 김에 하나 더 있다.

매주 토막 시험 때마다 우리는 서너 개의 토픽으로 토론을 한다. 그땐 어쩔 수 없이 모두 돌아가며 자기 의견을 개진해야 한다. 기본적으로 정아이유는 말이 많지 않다. 그러다 입을 열면 이런 식이다.

질문: 옳은 것을 배울 기회가 없는 자에게도 선악에 따른 처벌을 하는 것이 정당한가?

정아이유 : 윤리적으로 정당하지 않아요. 그런데 인간은 함께 사는 존재잖아요. 그러니까 법에 저촉되는 짓을 했다면 그건 처벌하는 게 옳죠. 그래야 사회가 돌아가는 법이잖아요.

이렇게 말하는데, 여기에 대고 "아니야!"라고 할 수 있겠는가?

대체로 이런 편이다. 정아이유는 자기 의견이라고 할 수 있는 건 거의 내비치지 않는다. 모든 의견을 종합하는 정론을 말하고 빠진다.

그럼에도 종종 나는 그녀의 습관을 알고 있다. 정아이유는 발언을 하기 직전 생각을 정리하는 단계에서 몇 차례 눈을 깜빡인다. 아주 빠른 속도로. 마치 풍력 발전기의 바람개비가 돌아가기 시작하는 것처럼. 작년 가을, 석양이 내리던 정원에서도 정아이유는 그랬다. 환하게 웃기 직전에.

귀엽기도 하지.

나는 아직도 그녀가 늠름하게 2루를 지키던 모습을 기억하고 있다. 그 운동회 날 나를 내려다보던 얼굴을 기억하고 있다. 에이드 따위는 개의치 않는다고 말하던 그 어조도. 활짝 웃던 그 얼굴도. 2루 마운드를 발로 문지르던 그녀의 그 쓸쓸한 얼굴도. 그날의 바람도. 그날의 빛깔도. 그녀의 이름도.

그걸 떠올리다가 토론 때 그녀의 발언을 듣고 나면, 그러고 나서 또 수업 중에 그녀가 몰래 짓는 표정을 보고 나면, 나는 왠지

정아이유가 어느 먼 곳에서 온 것만 같고,

거대한 무언가를 애써 참는 것만 같고,

그게 너무 안쓰럽고,

그걸 나만 알고 있는 게 너무 뿌듯하고, 소중하고,

그러면 그녀가 너무 귀여워지는 것이다.

이걸 사랑이라고 할 수 있지 않을까? 누군가를 안쓰러워하면 그게 사랑이 아닌 건가? 객관적으로 아무리 생각해도 안쓰러워할 대상이 아닌데 주관적으론 안쓰러워 견딜 수 없는 게 사랑이 아닌 건가? 누가 알려 주지 않아도 나는 그걸 알 수 있었다. 왜냐하면 내가 정아이유에게 그렇기 때문이다.

그런데 2학기가 시작되고 나서부터 나는 그녀에게 그런

느낌을 받지 못했다.

물론 바뀐 정아이유 역시 이전 정아이유처럼 이 모든 걸 흥미진진하다는 듯 쳐다봤다. 어찌 보면 사라진 정아이유처럼 우릴 귀여워하는 것처럼 보이기도 했다.

그렇게 보면 비슷하긴 하다. 그렇지만 전혀 비슷하지 않다. 아니 완벽하게 다르다. 이건 개미와 흰개미 같은 거다. 개미는 벌에 가까운 곤충, 흰개미는 바퀴벌레에 가까운 곤충. 그러니까 그 둘은 본질적으로 다르다는 말이다. 진짜 정아이유에겐 세상 끝에서 마주칠 법한 먹먹한 느낌이 있었다. 그런데 가짜 정아이유의 눈빛에는, 입꼬리에는 누구라도 기분 좋아질 법한 역동적이고 생기 있는 기운이 어른거렸다.

그럼에도 여전히 정아이유(인 척하는 가짜)는 말이 없는 인간이었다. 평소처럼 무표정했다. 하지만 그녀가 세상을 대하는 태도는 분명 달라졌다. 대체 방학 동안 그녀에게 무슨 일이 생긴 걸까? 혹시 사춘기 시절 특유의 고도로 압축된 성장을 겪은 게 아닐까? 혹시 이제 과거 과잉적으로 시큰둥했던 10대 시절의 치기 어린 시절에서 벗어나, 삶은 삶 그 자체로 소중하다는 걸 깨달은 거 아닐까? 그러니까 그녀는 이제 성숙해신 세 아닐까?
라고, 그렇게 판단할 수 있을지도 모른다.

하지만 나는 사랑에 빠진 소년이었다. 사랑에 빠진 소년답게 정아이유를 부지런히 관찰하고 있었다. 적어도 지난 1년간 정아이유는 내게 세계 그 자체였다. 짝사랑의 메커니즘이라는 게 원체 그런 것이다. 오히려 서로 사랑하는 사람들보다 홀로 사랑하는 사람이야말로 상대방에 대해 속속들이 다 알게 되는 법이다. 왜냐하면 알아도 알아도 충족이 되지 않으니까.

또 나는 추리 소설을 좋아하고, 순발력이 좋은 우리 학교 최고의 라이트 폴백이었다. 그리고 또 나는 할머니에게 물려받은 특유의 깐깐한 성미와 아버지에게 물려받은 세상의 관점에 흔들리지 않는 독립적인 시선을 가졌다(물론 두 사람의 그 특징들이 자랑스러운 건 아니다.). 이런 내가, 내 온몸이, 이상하게도 그녀가 더 이상 안쓰럽다고도 귀엽다고도 느끼지 않았던 것이다.

내게 이제 정아이유는 그냥 그냥, 그저 그랬다.

이런 상황이 며칠 이어지자 나는 당황했다. 내 사랑이 끝난 건가? 그런 생각을 하기도 했다. 그렇지만 눈을 감고 정아이유를 떠올리면 여전히 마음이 쿵쉬쾅거렸다. 지난가을을 회상하면 마음이 쿵쉬쾅거렸다. 쿵쉬쾅쿵쉬쾅 심장이 조여 왔다. 물에 잉크가 퍼지듯 작년의 그녀가 화아, 하고 떠올랐다.

그러다 학교에 와서 막상 직접 정아이유를 보면, 또다시 나는 무덤덤해졌다. 혹시 이건 전형적인 게 아닌가? 그런 생각을 했다. 나는 상상 속의 캐릭터와 사랑에 빠진 건가? 그런 생각을 하기도 했다. 내가 아무리 유치하다 해도 이렇게 망상적 사랑에 빠지는 성격이었나? 이건 그럼 전형적으로 내가 사랑하는 모습을 사랑한다는 그런 건가? 사춘기에 흔히 겪는 그런 거? 그런 의심들을 했던 것이다.

개학을 하고 한 달이 지나 다시 주간 토론 때였다. 역시 정아이유는 지난 학기처럼 판에 박힌 대답을 하고 입을 다물었다.

그런데 그때, 나는 이전까지의 의아함이 의아함이 아니었으며, 그건 의구심이었고, 그 의구심이 지금에 와선 어떤 추론적 진실을 도출했다는 걸 깨달았다. 왜냐하면,

정아이유가 답변을 하기 직전에 눈을 깜빡이지 않은 것이다.

그리고 마치 계시처럼, 그러니까 작년 운동회에서 정아이유를 처음 봤을 때 무심코 내뱉은 그 한마디 "2루수?"처럼, 나는 나도 모르게 중얼거렸다.

"대체 저 여자는 누구지?"

그 순간, 그런 물음이 내 안에서 밀려 나온 순간, 가슴이 덜컥 내려앉는 것만 같았다. 마치 에이드에 다시 걸린 것처럼 온몸에 열이 올랐다. 활활 타오를 것만 같았다. 그 열기에 안구가 튀어나올 정도로 뜨거웠다.

그랬다. 그거였다. 그게 진실이었다. 정아이유는 정아이유가 아닌 것이었다. 그렇다면, 그렇다면 대체,

넌 누구야?

정아이유는 어디로 간 거야?

그렇게 그날의 토론 시간이 끝났다. 당장이라도 부서질 것만 같은 나를 남긴 채.

6

마음이 아파서, 오늘은 여기까지 말하고 잠시 쉬어야 할 것 같다. 사실 처음 이 이야기를 시작할 때 나는 당신들에게 쉬지 않고 말할 수 있을 줄 알았다. 그렇지만 정아이유가 정아이유가 아닌 걸 알게 된 그날을 생각하다 보니 문득 가슴이 조여 와서 머리가 복잡해진다.

저기 멀리서 지구로 귀환하는 우주선이 다가온다. 저 우

주선은 몇 년 만에 귀환하는 걸까? 태양계 외곽으로 떠나는 원양함들은 대체로 약 10년 정도를 계획하고 떠난다. 종종 15년 이상 항해하는 경우도 있다. 그들에 비하면 내 모든 이야기도, 우리가 잠시 헤어지는 것도 아주 짧은 것이다. 그러므로 우리가 다시 만나서 남은 이야기들을 풀어낼 때까지 내 슬픔을 이해해 주시길.

앞으로 내가 정아이유를 어떻게 찾아내는지, 내 괴짜 친구 고휘혈이 어떻게 활약하는지, 보름 남은 2학년 운동회는 어떻게 되는지, 나의 할머니 유현아 여사와 나의 엄마 정유미 여사는 결국 어떻게 떠나는지, 그리고 무엇보다

내 마음,

내 사랑은

어떻게 되는지, 꼭 들려줄 기회를 주시길.

아무에게도 털어놓지 못한 내 마음들을 꼭 들어 주시길.

곧.

작가의 말

청소년에게 그 어떤 매체보다 책이 중요하다고 생각하지
않습니다. 독서는 몇 가지 선택지 중 하나일 뿐입니다.

저 역시 그랬습니다. 10대 시절, 저는 매일 친구들과 플레
이스테이션을 했고, 형제들과 돈을 모아 대여점에서 만화책
을 산더미처럼 빌려 하루 종일 읽기도 했습니다(결국《베르
세르크》완결을 영원히 보지 못하게 될 줄 몰랐습니다.). 그렇
지만 또 저는 페이지 가득 빽빽하게 검은 문자가 박힌 책을
밤새 읽는 것도 좋아했습니다. 물론 제 동료 작가들의 굉장
한 어린 시절처럼 세계 문학 전집 같은 걸 읽은 게 아니었습
니다. 주로 무협 소설이나 추리 소설, 혹은 판타지였죠. 그럼
에도 문장을 읽는 즐거움이 어찌나 대단했던지, 저는 어느새

작가가 되어 버렸습니다.

　이번에 제가 청소년 소설을 쓰면서 떠올린 것도 그런 거였
습니다. 그저 읽고 즐거웠으면 좋겠다. 그런 감각들이 쌓였
으면 좋겠다. 얇은 규조토가 쌓여 깊은 해저 협곡이 되듯이.

　그런 생각을 했습니다.

폐폐

초판 1쇄 발행 2022년 6월 10일

지은이 · 남유하, 박소영, 이선주, 이울, 이희영, 임승훈, 최유안
펴낸이 · 강일우
편집 · 김용희, 김필균
조판 · 이보옥
펴낸곳 · (주)창비교육
등록 · 2014년 6월 20일 제2014-000183호
주소 · 04004 서울특별시 마포구 월드컵로12길 7
전화 · 1833-7247
팩스 · 영업 070-4838-4938 | 편집 02-6949-0953
홈페이지 · www.changbiedu.com
전자우편 · textbook@changbi.com

ⓒ 남유하, 박소영, 이선주, 이울, 이희영, 임승훈, 최유안 2022
ISBN 979-11-6570-121-5 43810

 창비교육 성장소설 시리즈는 '성장'을 고리로
소통과 공감을 이끌어 내는 이야기를 담아냅니다.